實用繁簡體字手冊

商務印書館

實用繁簡體字手冊

責任編輯 …… 何紅年
封面設計 …… 楊啟業
出　　版 …… 商務印書館（香港）有限公司
香港筲箕灣耀興道 3 號東滙廣場 8 樓
http://www.commercialpress.com.hk
排　　版 …… 北京外文出版社電腦照排室
發　　行 …… 香港聯合書刊物流有限公司
香港新界荃灣德士古道 220-248 號荃灣工業中心 16 樓
印　　刷 …… 美雅印刷製本有限公司
九龍觀塘榮業街 6 號海濱工業大廈 4 樓 A
版　　次 …… 2022 年 11 月第 20 次印刷

ISBN 978 962 07 0173 3
Printed in Hong Kong

說　明

一、本手冊共分三部分，第一部分是國家語言文字工作委員會重新發表的《簡化字總表》，共有三表。第一表是不作簡化偏旁用的簡化字，第二表是可作簡化偏旁用的簡化字和簡化偏旁，第三表是應用第二表所列簡化字和簡化偏旁得出來的簡化字。這樣方便讀者從中知道哪些是可以作簡化偏旁的簡化字和簡化偏旁，哪些不可以。如此大家便能舉一反三，明白簡化字的簡化方法和規則，更容易學會簡化字。

本部分並附有39個從《第一批異體字整理表》摘錄出來，一般習慣被看作簡化字的異體字，以便查檢。

二、第二部分是繁簡字檢索，分為 1. 從簡化字查繁體字； 2. 從繁體字查簡化字； 3. 漢語拼音音序索引，以配合不同人士的需要。 1 及 2 均按漢字筆劃數排列，同筆劃數的字以橫、豎、撇、點、折為序。檢索部分包括《簡化字總表》裏的2235個簡化字，還收了39個習慣上被看作簡化字的異體字，全部共2274個簡化字。

三、第三部分是附錄，共有三表。

1.《容易混淆的繁簡字用法舉例》，如“干”是“乾草”、“餅乾”中的“乾”字的簡化字；同時亦是“幹線”、“樹幹”、“幹部”中的“幹”字的簡化字。針對這一類比較容易混淆用錯的字，現以表列出，使讀者一看就明白，有助於更好地掌握簡化字。

2.《繁簡字中的特殊情況》，旨在說明有一部分簡化字本身就是繁體字，有其特定的意思，與被定為另一繁體字的簡化字是一形兩字，在意義與用法上要加以區分，否則很容易弄錯，故本表列出這一類既是繁體字，亦是另一繁體字的簡化字的字及其常用語詞，並注明容易與之相混的繁體字。如“云”是“雲”的簡化字；同時，“云”亦是繁體字，有其獨立意義，在“詩云”、“不知所云”、“云云”等語詞中只能用“云”，不能用“雲”。“云”同“雲”的簡化字“云”實際上是兩個字，只是形似罷了。本表旨在告訴讀者這類字的區別所在，以掌握其用法，避免錯誤。

3.《第一批異形詞整理表》，由中華人民共和國教育部、國家語言文字工作委員會於2001年12月19日發佈，由2002年3月31日試行，選取了普通話書面語中經常使用，公眾的取捨傾向比較明顯的338組（不含附錄中的44組）異形詞（包括詞和固定短語）作為第一批進行整理，給出了每組異形詞的推薦使用詞形。如“沈思”是異形詞，它的推薦字形是“沉思”，“沉”本為“沈”的俗體，後來“沉”成了通用字，與“沈”並存並用，並形成了許多異形詞，如“沉沒—沈沒”；“沉思—沈思”。

目　錄

一、簡化字表及其說明

1. 關於重新發表〈簡化字總表〉的說明 (1986) 5
2. 關於簡化字的聯合通知及〈簡化字總表〉說明 (1964) 7
3. 簡化字總表
   第一表 13
   第二表 20
   第三表 24

二、繁簡字檢索

1. 從簡化字查繁體字 51
2. 從繁體字查簡化字 79
3. 漢語拼音音序索引 107

三、附錄

1. 容易混淆的繁簡字用法舉例 143
2. 繁簡字中的特殊情況 146
3. 第一批異形詞整理表 151

一、簡化字表及其說明

1.關於重新發表《簡化字總表》的說明

爲糾正社會用字混亂,便於羣衆使用規範的簡化字,經國務院批准重新發表原中國文字改革委員會於1964年編印的《簡化字總表》。

原《簡化字總表》中的個別字,作了調整。"叠"、"覆"、"像"、"囉"不再作"迭"、"复"、"象"、"罗"的繁體字處理。因此,在第一表中刪去了"迭"〔叠〕、"象〔像〕","复"字字頭下刪去繁體字〔覆〕。在第二表"罗"字字頭下刪去繁體字〔囉〕,"囉"依簡化偏旁"罗"類推簡化爲"啰"。"瞭"字讀"liǎo"(了解)時,仍簡作"了",讀"liào"(瞭望)時作"瞭",不簡作"了"。此外,對第一表"余〔餘〕"的腳注內容作了補充,第三表"讠"下偏旁類推字"雠"字加了腳注。

漢字的形體在一個時期內應當保持穩定,以利應用。《第二次漢字簡化方案(草案)》已經國務院批准廢止。我們要求社會用字以《簡化字總表》

爲標準：凡是在《簡化字總表》中已經被簡化了的繁體字，應該用簡化字而不用繁體字；凡是不符合《簡化字總表》規定的簡化字，包括《第二次漢字簡化方案（草案）》的簡化字和社會上流行的各種簡體字，都是不規範的簡化字，應當停止使用。希望各級語言文字工作部門和文化、教育、新聞等部門多作宣傳，採取各種措施，引導大家逐漸用好規範的簡化字。

國家語言文字工作委員會

1986 年 10 月 10 日

中國文字改革委員會
中華人民共和國文化部
中華人民共和國教育部

2.關於簡化字的聯合通知

（1964年3月7日）

根據國務院1964年2月4日關於簡化字問題給中國文字改革委員會的批示："同意你會在報告中提出的意見:《漢字簡化方案》中所列的簡化字,用作偏旁時,應同樣簡化;《漢字簡化方案》的偏旁簡化表中所列的偏旁,除了四個偏旁(讠、饣、纟、钅)外,其餘偏旁獨立成字時,也應同樣簡化。你會應將上述可以用作偏旁的簡化字和可以獨立成字的偏旁,分别作成字表,會同有關部門下達執行",現特將這兩類字分别列表通知如下。

一、下列92個字已經簡化,作偏旁時應該同樣簡化。例如,"爲"已簡化作"为","僞嬀"同樣簡化作"伪妫"。

愛爱	備备	畢毕	參参	嘗尝	從从
罷罢	筆笔	邊边	倉仓	蟲虫	竄窜

達达　華华　歷历　難难　屬属　亞亚
帶带　畫画　麗丽　聶聂　雙双　嚴严
黨党　匯汇　兩两　寧宁　歲岁　厭厌
動动　夾夹　靈灵　豈岂　孫孙　業业
斷断　薦荐　劉刘　氣气　條条　藝艺
對对　將将　盧卢　遷迁　萬万　陰阴
隊队　節节　虜虏　親亲　爲为　隱隐
爾尔　盡尽　鹵卤　窮穷　烏乌　猶犹
豐丰　進进　録录　嗇啬　無无　與与
廣广　舉举　慮虑　殺杀　獻献　雲云
歸归　殼壳　買买　審审　鄉乡　鄭郑
龜龟　來来　麥麦　聖圣　寫写　執执
國国　樂乐　黽黾　時时　尋寻　質质
過过　離离

二、下列40個偏旁已經簡化，獨立成字時應該同樣簡化（言、食、糸、金一般只作左旁時簡化，獨立成字時不簡化）。例如，“魚”作偏旁已簡化作“鱼”旁，獨立成字時同樣簡化作“鱼”。

貝贝　長长　芻刍　東东　岡冈　戔戋
賓宾　車车　單单　發发　會会　監监
産产　齒齿　當当　風风　幾几　見见

龍龙	馬马	農农	區区	韋韦	義义
婁娄	賣卖	齊齐	師师	堯尧	魚鱼
侖仑	門门	僉佥	壽寿	頁页	專专
羅罗	烏乌	喬乔	肅肃		

三、在一般通用字範圍内，根據上述一、二兩項規定類推出來的簡化字，將收入中國文字改革委員會編印的《簡化字總表》中。

《簡化字總表》說明

1. 本表收錄 1956 年國務院公佈的《漢字簡化方案》中的全部簡化字。關於簡化偏旁的應用範圍，本表遵照 1956 年方案中的規定以及 1964 年 3 月 7 日中國文字改革委員會、文化部、教育部《關於簡化字的聯合通知》的規定，用簡化字和簡化偏旁作爲偏旁得出來的簡化字，也收錄本表内（本表所說的偏旁，不限於左旁和右旁，也包括字的上部、下部、内部、外部，總之指一個字的可以分出來的組成部分而言。這個組成部分在一個字裏可以是筆畫較少的，也可以是筆畫較多的。例如

“擺”字,“扌”固然是偏旁,但是“罷”也作偏旁)。

2. 總表分成三個表。表内所有簡化字和簡化偏旁後面,都在括弧裏列入原來的繁體。

第一表所收的是352個不作偏旁用的簡化字。這些字的繁體一般都不用作别的字的偏旁。個别能作别的字的偏旁,也不依簡化字簡化。如“習”簡化作“习”,但“褶”不簡化作“衤习”。

第二表所收的是:一、132個可作偏旁用的簡化字和二、14個簡化偏旁。

第一項所列繁體字,無論單獨用或者作别的字的偏旁用,同樣簡化。第二項的簡化偏旁,不論在一個字的任何部位,都可以使用,其中“讠、饣、纟、钅”一般只能用於左偏旁。這些簡化偏旁一般都不能單獨使用。

在《漢字簡化方案》中已另行簡化的繁體字,不能再適用上述原則簡化。例如“戰”、“過”、“誇”,按《漢字簡化方案》已簡化作“战”、“过”、“夸”,因此不能按“单”、“呙”、“讠”作爲偏旁簡化作“戦”、“过”、“诗”。

除本表所列的146個簡化字和簡化偏旁外,不得任意將某一簡化字的部分結構當作簡化偏旁使用。例如“陽”按《漢字簡化方案》作“阳”,但不得任意將“日”當作“昜”的簡化偏旁。如“楊”應按簡化偏旁“𠃓(昜)”簡化作“杨”,不得簡化作“相”。

第三表所收的是應用第二表的簡化字和簡化偏旁作爲偏旁得出來的簡化字。漢字總數很多,這個表不必盡列。例如有“车”旁的字,如果盡量地列,就可以列出一二百個,其中有許多是很生僻的字,不大用得到。現在爲了適應一般的需要,第三表所列的簡化字的範圍,基本上以《新華字典》(1962 年第三版,只收漢字八千個左右)爲標準。未收入第三表的字,凡用第二表的簡化字或簡化偏旁作爲偏旁的,一般應該同樣簡化。

3. 此外,在 1955 年文化部和中國文字改革委員會發佈的《第一批異體字整理表》中,有些被淘汰的異體字和被選用的正體字繁簡不同,一般人習慣把這些筆畫少的正體字看作簡化字。爲了便於檢查,本表把這些字列爲一表,作爲附錄。

4. 一部分簡化字,有特殊情形,需要加適當的注解。例如“干”是“乾”(gān)的簡化字,但是“乾坤”的“乾”(qián)並不簡化;又如“吁”是“籲”(yù)的簡化字,但是“長吁短嘆”的“吁”仍舊讀 xū;這種一字兩讀的情形,在漢字裏本來常有,如果不注出來,就容易引起誤會。又如以“余”代“餘”,以“复”代“覆”,雖然羣衆已經習慣了,而在某些情況下卻不適宜,需要區别。又如“么”和“幺”有什么不同,“马”字究竟幾筆,等等。諸如此類可能發生疑難的地方,都在頁末加了脚注。

1964 年 5 月

3. 簡化字總表

(1986 年新版)

第一表

不作簡化偏旁用的簡化字

本表共收簡化字 350 個，按讀音的拼音字母順序排列。本表的簡化字都不得作簡化偏旁使用。

A

碍〔礙〕
肮〔骯〕
袄〔襖〕

B

坝〔壩〕
板〔闆〕
办〔辦〕
帮〔幫〕
宝〔寶〕
报〔報〕
币〔幣〕
毙〔斃〕
标〔標〕
表〔錶〕
别〔彆〕
卜〔蔔〕
补〔補〕

C

才〔纔〕
蚕〔蠶〕①
灿〔燦〕
层〔層〕
搀〔攙〕
谗〔讒〕
馋〔饞〕
缠〔纏〕②
忏〔懺〕
偿〔償〕
厂〔廠〕
彻〔徹〕
尘〔塵〕
衬〔襯〕

---

① 蚕：上從天，不從夭。
② 缠：右從⿸广里，不從厘。

称〔稱〕
惩〔懲〕
迟〔遲〕
冲〔衝〕
丑〔醜〕
出〔齣〕
础〔礎〕
处〔處〕
触〔觸〕
辞〔辭〕
聪〔聰〕
丛〔叢〕

D

担〔擔〕
胆〔膽〕
导〔導〕
灯〔燈〕
邓〔鄧〕
敌〔敵〕
籴〔糴〕
递〔遞〕
点〔點〕
淀〔澱〕
电〔電〕
冬〔鼕〕
斗〔鬥〕
独〔獨〕
吨〔噸〕
夺〔奪〕
堕〔墮〕

E

儿〔兒〕

F

矾〔礬〕
范〔範〕
飞〔飛〕
坟〔墳〕
奋〔奮〕
粪〔糞〕
凤〔鳳〕
肤〔膚〕
妇〔婦〕
复〔復〕
〔複〕

G

盖〔蓋〕
干〔乾〕①
〔幹〕
赶〔趕〕
个〔個〕
巩〔鞏〕
沟〔溝〕
构〔構〕
购〔購〕
谷〔穀〕
顾〔顧〕
刮〔颳〕
关〔關〕
观〔觀〕
柜〔櫃〕

H

汉〔漢〕
号〔號〕
合〔閤〕
轰〔轟〕
后〔後〕
胡〔鬍〕
壶〔壺〕
沪〔滬〕
护〔護〕
划〔劃〕
怀〔懷〕
坏〔壞〕②
欢〔歡〕
环〔環〕

---

① 乾坤、乾隆的乾讀 qián（前），不簡化。

② 不作坯。坯是磚坯的坯，讀 pī（批），坏坯二字不可互混。

还〔還〕
回〔迴〕
伙〔夥〕①
获〔獲〕
〔穫〕

J

击〔擊〕
鸡〔鷄〕
积〔積〕
极〔極〕
际〔際〕
继〔繼〕
家〔傢〕
价〔價〕
艰〔艱〕
歼〔殲〕
茧〔繭〕
拣〔揀〕
硷〔鹼〕
舰〔艦〕
姜〔薑〕
浆〔漿〕②
桨〔槳〕
奖〔獎〕
讲〔講〕
酱〔醬〕
胶〔膠〕
阶〔階〕
疖〔癤〕
洁〔潔〕
借〔藉〕③
仅〔僅〕
惊〔驚〕
竞〔競〕
旧〔舊〕
剧〔劇〕
据〔據〕
惧〔懼〕
卷〔捲〕

K

开〔開〕
克〔剋〕
垦〔墾〕
恳〔懇〕
夸〔誇〕
块〔塊〕
亏〔虧〕
困〔睏〕

L

腊〔臘〕
蜡〔蠟〕
兰〔蘭〕
拦〔攔〕
栏〔欄〕
烂〔爛〕
累〔纍〕
垒〔壘〕
类〔類〕④
里〔裏〕
礼〔禮〕
隶〔隸〕
帘〔簾〕
联〔聯〕
怜〔憐〕
炼〔煉〕
练〔練〕
粮〔糧〕
疗〔療〕
辽〔遼〕
了〔瞭〕⑤
猎〔獵〕
临〔臨〕⑥
邻〔鄰〕

① 作多解的夥不簡化。② 浆、桨、奖、酱：右上角從夕，不從夕或⺤。③ 藉口，憑藉的藉簡化作借，慰藉、狼藉等的藉仍用藉。④ 类：下從大，不從犬。⑤ 瞭：讀 liǎo（了解）時，仍簡作了，讀 liào（瞭望）時作瞭，不簡作了。⑥ 临：左從一短竪一長竪，不從刂。

岭〔嶺〕①
庐〔廬〕
芦〔蘆〕
炉〔爐〕
陆〔陸〕
驴〔驢〕
乱〔亂〕

M

么〔麽〕②
霉〔黴〕
蒙〔矇〕
〔濛〕
〔懞〕
梦〔夢〕
面〔麵〕
庙〔廟〕
灭〔滅〕
蔑〔衊〕
亩〔畝〕

N

恼〔惱〕
脑〔腦〕
拟〔擬〕
酿〔釀〕
疟〔瘧〕

P

盘〔盤〕
辟〔闢〕
苹〔蘋〕
凭〔憑〕
扑〔撲〕
仆〔僕〕③
朴〔樸〕

Q

启〔啓〕
签〔籤〕
千〔韆〕
牵〔牽〕
纤〔縴〕
〔纖〕④
窍〔竅〕
窃〔竊〕
寝〔寢〕
庆〔慶〕⑤
琼〔瓊〕
秋〔鞦〕
曲〔麯〕
权〔權〕
劝〔勸〕
确〔確〕

R

让〔讓〕
扰〔擾〕
热〔熱〕
认〔認〕

S

洒〔灑〕
伞〔傘〕
丧〔喪〕
扫〔掃〕
涩〔澀〕
晒〔曬〕
伤〔傷〕
舍〔捨〕
沈〔瀋〕
声〔聲〕
胜〔勝〕

---

① 岭:不作岺,免與岑混。② 讀 me 輕聲。讀 yāo (夭)的么應作幺(么本字)。吆應作吆。麽讀 mó (摩)時不簡化,如幺麽小丑。③ 前仆後繼的仆讀 pū (撲)。④ 纖維的纖讀 xiān (先)。⑤ 庆:從大,不從犬。

湿〔濕〕
实〔實〕
适〔適〕①
势〔勢〕
兽〔獸〕
书〔書〕
术〔術〕②
树〔樹〕
帅〔帥〕
松〔鬆〕
苏〔蘇〕
〔囌〕
虽〔雖〕
随〔隨〕

T

台〔臺〕
〔檯〕
〔颱〕
态〔態〕
坛〔壇〕
〔罎〕
叹〔嘆〕
誊〔謄〕
体〔體〕
粜〔糶〕
铁〔鐵〕
听〔聽〕
厅〔廳〕③
头〔頭〕
图〔圖〕
涂〔塗〕
团〔團〕
〔糰〕
椭〔橢〕

W

洼〔窪〕
袜〔襪〕④
网〔網〕
卫〔衛〕
稳〔穩〕
务〔務〕
雾〔霧〕

X

牺〔犧〕
习〔習〕
系〔係〕
〔繫〕⑤
戏〔戲〕
虾〔蝦〕
吓〔嚇〕⑥
咸〔鹹〕
显〔顯〕
宪〔憲〕
县〔縣〕⑦
响〔響〕
向〔嚮〕
协〔協〕
胁〔脅〕
亵〔褻〕
衅〔釁〕
兴〔興〕
须〔鬚〕
悬〔懸〕
选〔選〕
旋〔鏇〕

---

① 古人南宫适、洪适的适（古字罕用）讀 kuò（括）。此适字本作适，爲了避免混淆，可恢復本字适。② 中藥蒼术、白术的术讀 zhú（竹）。③ 厅：從厂，不從广。④ 袜：從末，不從未。⑤ 繫帶子的繫讀 jì（計）。⑥ 恐嚇的嚇讀 hè（赫）。⑦ 县：七筆。上從且。

Y

压〔壓〕①
盐〔鹽〕
阳〔陽〕
养〔養〕
痒〔癢〕
样〔樣〕
钥〔鑰〕
药〔藥〕
爷〔爺〕
叶〔葉〕②
医〔醫〕
亿〔億〕
忆〔憶〕
应〔應〕
痈〔癰〕
拥〔擁〕
佣〔傭〕
踊〔踴〕
忧〔憂〕
优〔優〕
邮〔郵〕
余〔餘〕③
御〔禦〕
吁〔籲〕④
郁〔鬱〕
誉〔譽〕
渊〔淵〕
园〔園〕
远〔遠〕
愿〔願〕
跃〔躍〕
运〔運〕
酝〔醞〕

Z

杂〔雜〕
赃〔贓〕
脏〔臟〕
〔髒〕
凿〔鑿〕
枣〔棗〕
灶〔竈〕
斋〔齋〕
毡〔氈〕
战〔戰〕
赵〔趙〕
折〔摺〕⑤
这〔這〕
征〔徵〕⑥
症〔癥〕
证〔證〕
只〔隻〕
〔祇〕
致〔緻〕
制〔製〕
钟〔鐘〕
〔鍾〕
肿〔腫〕
种〔種〕
众〔衆〕
昼〔晝〕
朱〔硃〕
烛〔燭〕
筑〔築〕
庄〔莊〕⑦
桩〔樁〕
妆〔妝〕
装〔裝〕
壮〔壯〕

---

① 压：六筆。土的右旁有一點。② 叶韻的叶讀 xié（協）。③ 在余和餘意義可能混淆時，仍用餘。如文言句“餘年無多”。④ 喘吁吁，長吁短嘆的吁讀 xū（虛）。⑤ 在折和摺意義可能混淆時，摺仍用摺。⑥ 宮商角徵羽的徵讀 zhǐ（止），不簡化。⑦ 庄：六筆。土的右旁無點。

状〔狀〕 准〔準〕	浊〔濁〕	总〔總〕	钻〔鑽〕

第二表

可作簡化偏旁用的簡化字和簡化偏旁

本表共收簡化字 132 個和簡化偏旁 14 個，簡化字按讀音的拼音字母順序排列，簡化偏旁按筆數排列。

A

爱〔愛〕

B

罢〔罷〕
备〔備〕
贝〔貝〕
笔〔筆〕
毕〔畢〕
边〔邊〕
宾〔賓〕

C

参〔參〕
仓〔倉〕
产〔產〕
长〔長〕①
尝〔嘗〕②
车〔車〕
齿〔齒〕
虫〔蟲〕
刍〔芻〕
从〔從〕
窜〔竄〕

D

达〔達〕
带〔帶〕
单〔單〕
当〔當〕
〔噹〕
党〔黨〕
东〔東〕
动〔動〕
断〔斷〕
对〔對〕
队〔隊〕

E

尔〔爾〕

F

发〔發〕

---

① 长：四筆。筆順是：′ 𠂉 𠀋 长。
② 尝：不是賞的簡化字。賞的簡化字是赏（見第三表）。

〔髮〕
丰〔豐〕①
风〔風〕

G

冈〔岡〕
广〔廣〕
归〔歸〕
龟〔龜〕
国〔國〕
过〔過〕

H

华〔華〕
画〔畫〕
汇〔匯〕
〔彙〕
会〔會〕

J

几〔幾〕
夹〔夾〕
戋〔戔〕
监〔監〕
见〔見〕
荐〔薦〕
将〔將〕②
节〔節〕
尽〔盡〕
〔儘〕
进〔進〕
举〔舉〕

K

壳〔殼〕③

L

来〔來〕
乐〔樂〕
离〔離〕
历〔歷〕
〔曆〕
丽〔麗〕④
两〔兩〕
灵〔靈〕
刘〔劉〕
龙〔龍〕
娄〔婁〕
卢〔盧〕
虏〔虜〕
卤〔鹵〕
〔滷〕
录〔錄〕
虑〔慮〕
仑〔侖〕
罗〔羅〕

M

马〔馬〕⑤
买〔買〕
卖〔賣〕⑥
麦〔麥〕
门〔門〕
黾〔黽〕⑦

N

难〔難〕
鸟〔鳥〕⑧
聂〔聶〕

---

① 四川省酆都縣已改丰都縣。姓酆的酆不簡化作邦。② 将:右上角從夕,不從夕或爫。③ 壳:几上没有一小横。④ 丽:七筆。上邊一横,不作兩小横。⑤ 马:三筆。筆順是:㇇马马。上部向左稍斜,左上角開口,末筆作左偏旁時改作平挑。⑥ 卖:從十從买,上不從士或土。⑦ 黾:從口從电。⑧ 鸟:五筆。

宁〔寧〕①
农〔農〕

Q

齐〔齊〕
岂〔豈〕
气〔氣〕
迁〔遷〕
佥〔僉〕
乔〔喬〕
亲〔親〕
穷〔窮〕
区〔區〕②

S

啬〔嗇〕
杀〔殺〕
审〔審〕
圣〔聖〕
师〔師〕
时〔時〕
寿〔壽〕
属〔屬〕
双〔雙〕
肃〔肅〕③
岁〔歲〕
孙〔孫〕

T

条〔條〕④

W

万〔萬〕
为〔爲〕
韦〔韋〕
乌〔烏〕⑤
无〔無〕⑥

X

献〔獻〕
乡〔鄉〕
写〔寫〕⑦
寻〔尋〕

Y

亚〔亞〕
严〔嚴〕
厌〔厭〕
尧〔堯〕⑧
业〔業〕
页〔頁〕
义〔義〕⑨
艺〔藝〕
阴〔陰〕
隐〔隱〕
犹〔猶〕
鱼〔魚〕
与〔與〕
云〔雲〕

Z

郑〔鄭〕
执〔執〕

---

① 作門屏之間解的宁(古字罕用)讀 zhù (柱)。爲避免此宁字與寧的簡化字混淆，原讀 zhù 的宁作㝉。② 区：不作区。③ 肃：中間一豎下面的兩邊從八，下半中間不從米。④ 条：上從夂，三筆，不從夊。⑤ 乌：四筆。⑥ 无：四筆。上從二，不可誤作旡。⑦ 写：上從冖，不從宀。⑧ 尧：六筆。右上角無點，不可誤作尧。⑨ 义：從乂(讀 yì)加點，不可誤作叉(讀 chā)。

质〔質〕
专〔專〕

简化偏旁

讠〔言〕①
饣〔食〕②
𠃓〔昜〕③
纟〔糸〕
収〔臤〕
𫇧〔𤇾〕
𫝀〔臨〕
只〔戠〕
钅〔金〕④
𰆊〔𦥯〕
𠬤〔睪〕⑤
𢀖〔巠〕
亦〔䜌〕
呙〔咼〕

---

① 讠：二筆。不作讠。② 饣：三筆。中一横折作㇇，不作㇇或點。③ 𠃓：三筆。④ 钅：第二筆是一短横，中兩横，竪折不出頭。⑤ 睾丸的睾讀 gāo（高），不簡化。

第三表

應用第二表所列簡化字和簡化偏旁得出來的簡化字

本表共收簡化字 1,753 個，(不包含重見的字。例如“缆”分見“纟、𠂉、见”三部，只算一字)，以第二表中的簡化字和簡化偏旁作部首，按第二表的順序排列。同一部首中的簡化字，按筆數排列。

爱

嗳〔噯〕
嫒〔嬡〕
叆〔靉〕
瑷〔璦〕
暧〔曖〕

罢

摆〔擺〕
〔襬〕
罴〔羆〕
䅋〔穲〕

备

惫〔憊〕

贝

贞〔貞〕
则〔則〕
负〔負〕
贡〔貢〕
呗〔唄〕
员〔員〕
财〔財〕
狈〔狽〕
责〔責〕
厕〔厠〕
贤〔賢〕
账〔賬〕
贩〔販〕
贬〔貶〕
败〔敗〕
贮〔貯〕

贪〔貪〕
贫〔貧〕
侦〔偵〕
侧〔側〕
货〔貨〕
贯〔貫〕
测〔測〕
浈〔湞〕
恻〔惻〕
贰〔貳〕
贲〔賁〕
贳〔貰〕
费〔費〕
郧〔鄖〕
勋〔勛〕
帧〔幀〕
贴〔貼〕
贶〔貺〕
贻〔貽〕
贱〔賤〕
贵〔貴〕
钡〔鋇〕
贷〔貸〕
贸〔貿〕
贺〔賀〕
陨〔隕〕
涢〔溳〕
资〔資〕
祯〔禎〕
贾〔賈〕
损〔損〕
贽〔贄〕
埙〔塤〕
桢〔楨〕
唝〔嗊〕
唢〔嗩〕
赅〔賅〕
圆〔圓〕
贼〔賊〕
贿〔賄〕
赆〔贐〕
赂〔賂〕
债〔債〕
赁〔賃〕
渍〔漬〕
惯〔慣〕
琐〔瑣〕
赉〔賚〕
匮〔匱〕
掼〔摜〕
殒〔殞〕
勚〔勩〕
赈〔賑〕
婴〔嬰〕
啧〔嘖〕
赊〔賒〕
帻〔幘〕
偾〔僨〕
铡〔鍘〕
绩〔績〕
溃〔潰〕
溅〔濺〕
赓〔賡〕
愦〔憒〕
愤〔憤〕
蒉〔蕢〕
赍〔賫〕
蒇〔蕆〕
䞍〔䝼〕
赔〔賠〕
赕〔賧〕
遗〔遺〕
赋〔賦〕
喷〔噴〕
赌〔賭〕
赎〔贖〕
赏〔賞〕①
赐〔賜〕
赒〔賙〕
锁〔鎖〕
馈〔饋〕
赖〔賴〕
赪〔赬〕
碛〔磧〕

①赏：不可誤作尝。尝是嘗的簡化字（見第二表）

殨〔殨〕
賵〔賵〕
膩〔膩〕
賽〔賽〕
襀〔襀〕
贅〔贅〕
攖〔攖〕
櫝〔櫝〕
嚶〔嚶〕
賺〔賺〕
賻〔賻〕
罌〔罌〕
鐨〔鐨〕
簀〔簀〕
鰂〔鰂〕
纓〔纓〕
瓔〔瓔〕
聵〔聵〕
櫻〔櫻〕
賾〔賾〕
簣〔簣〕
瀨〔瀨〕
癭〔癭〕
懶〔懶〕
贋〔贋〕
蕢〔蕢〕
贈〔贈〕
鸚〔鸚〕
獺〔獺〕
贊〔贊〕
贏〔贏〕
贍〔贍〕
癩〔癩〕
攢〔攢〕
籟〔籟〕
纘〔纘〕
瓚〔瓚〕
臢〔臢〕
贛〔贛〕
趲〔趲〕
躦〔躦〕
戇〔戇〕

笔

滗〔潷〕

毕

荜〔蓽〕
哔〔嗶〕
筚〔篳〕
跸〔蹕〕

边

笾〔籩〕

宾

傧〔儐〕
滨〔濱〕
摈〔擯〕
嫔〔嬪〕
缤〔繽〕
殡〔殯〕
槟〔檳〕
膑〔臏〕
镔〔鑌〕
髌〔髕〕
鬓〔鬢〕

参

渗〔滲〕
惨〔慘〕
掺〔摻〕
骖〔驂〕
毵〔毿〕
瘆〔瘮〕
碜〔磣〕
穇〔穇〕
糁〔糝〕

仓

伧〔傖〕
创〔創〕
沧〔滄〕
怆〔愴〕
苍〔蒼〕
抢〔搶〕
呛〔嗆〕
炝〔熗〕
玱〔瑲〕
枪〔槍〕

戗〔戧〕
疮〔瘡〕
鸧〔鶬〕
舱〔艙〕
跄〔蹌〕

产

浐〔滻〕
萨〔薩〕
铲〔鏟〕

长

伥〔倀〕
怅〔悵〕
帐〔帳〕
张〔張〕
枨〔棖〕
账〔賬〕
胀〔脹〕
涨〔漲〕

尝

鲿〔鱨〕

车

轧〔軋〕
军〔軍〕
轨〔軌〕
厍〔厙〕
阵〔陣〕
库〔庫〕
连〔連〕
轩〔軒〕
诨〔諢〕
郓〔鄆〕
轫〔軔〕
轭〔軛〕
匦〔匭〕
转〔轉〕
轮〔輪〕
斩〔斬〕
软〔軟〕
浑〔渾〕
恽〔惲〕
砗〔硨〕
轶〔軼〕
轲〔軻〕
轱〔軲〕
轷〔軤〕
轻〔輕〕
轳〔轤〕
轴〔軸〕
挥〔揮〕
荤〔葷〕
轹〔轢〕
轸〔軫〕
轺〔軺〕
涟〔漣〕
珲〔琿〕
载〔載〕
莲〔蓮〕
较〔較〕
轼〔軾〕
轾〔輊〕
辂〔輅〕
轿〔轎〕
晕〔暈〕
渐〔漸〕
惭〔慚〕
皲〔皸〕
琏〔璉〕
辅〔輔〕
辄〔輒〕
辆〔輛〕
堑〔塹〕
啭〔囀〕
崭〔嶄〕
裤〔褲〕
裢〔褳〕
辇〔輦〕
辋〔輞〕
辍〔輟〕
辊〔輥〕
椠〔槧〕
辎〔輜〕
暂〔暫〕
辉〔輝〕
辈〔輩〕
链〔鏈〕
翚〔翬〕
辏〔輳〕
辐〔輻〕

辑〔輯〕
输〔輸〕
毂〔轂〕
辔〔轡〕
辖〔轄〕
辕〔轅〕
辗〔輾〕
舆〔輿〕
辘〔轆〕
撵〔攆〕
鲢〔鰱〕
辙〔轍〕
錾〔鏨〕
辚〔轔〕

齿

龀〔齔〕
啮〔嚙〕
龆〔齠〕
龅〔齙〕
龃〔齟〕
龄〔齡〕
龇〔齜〕
龈〔齦〕
龉〔齬〕
龊〔齪〕
龌〔齷〕
龋〔齲〕

虫

蛊〔蠱〕

刍

诌〔謅〕
㑇〔㑳〕
邹〔鄒〕
㤘〔㥮〕
驺〔騶〕
绉〔縐〕
皱〔皺〕
趋〔趨〕
雏〔雛〕

从

苁〔蓯〕
纵〔縱〕
枞〔樅〕
怂〔慫〕
耸〔聳〕

窜

撺〔攛〕
镩〔鑹〕
蹿〔躥〕

达

㳠〔澾〕
闼〔闥〕
挞〔撻〕
哒〔噠〕
鞑〔韃〕

带

滞〔滯〕

单

郸〔鄲〕
惮〔憚〕
阐〔闡〕
掸〔撣〕
弹〔彈〕
婵〔嬋〕
禅〔禪〕
殚〔殫〕
瘅〔癉〕
蝉〔蟬〕
箪〔簞〕
蕲〔蘄〕
冁〔囅〕

当

挡〔擋〕
档〔檔〕
裆〔襠〕
铛〔鐺〕

党

谠〔讜〕
傥〔儻〕
镋〔鎲〕

东

冻〔凍〕
陈〔陳〕
岽〔崬〕
栋〔棟〕
胨〔腖〕
鸫〔鶇〕

动

恸〔慟〕

断

簖〔籪〕

对

怼〔懟〕

队

坠〔墜〕

尔

迩〔邇〕
弥〔彌〕
〔瀰〕
祢〔禰〕
玺〔璽〕
猕〔獼〕

发

泼〔潑〕
废〔廢〕
拨〔撥〕
钵〔鏺〕

丰

沣〔灃〕
艳〔艷〕
滟〔灧〕

风

讽〔諷〕
沨〔渢〕
岚〔嵐〕
枫〔楓〕
疯〔瘋〕
飒〔颯〕
砜〔碸〕
飓〔颶〕
飔〔颸〕
飕〔颼〕
飗〔飀〕
飘〔飄〕
飙〔飆〕

冈

刚〔剛〕
㭎〔掆〕
岗〔崗〕
纲〔綱〕
棡〔棡〕
钢〔鋼〕

广

邝〔鄺〕
圹〔壙〕
扩〔擴〕
犷〔獷〕
纩〔纊〕
旷〔曠〕
矿〔礦〕

归

岿〔巋〕

龟

阄〔鬮〕

国

掴〔摑〕
帼〔幗〕
腘〔膕〕
蝈〔蟈〕

过

挝〔撾〕

华

哗〔嘩〕
骅〔驊〕
烨〔燁〕
桦〔樺〕

晔〔曄〕
铧〔鏵〕

画

婳〔嫿〕

汇

㧟〔擓〕

会

刽〔劊〕
郐〔鄶〕
侩〔儈〕
浍〔澮〕
荟〔薈〕
哙〔噲〕
狯〔獪〕
绘〔繪〕
烩〔燴〕
桧〔檜〕
脍〔膾〕
鲙〔鱠〕

几

讥〔譏〕
叽〔嘰〕
饥〔饑〕
机〔機〕
玑〔璣〕
矶〔磯〕
虮〔蟣〕

夹

郏〔郟〕
侠〔俠〕
陕〔陜〕
浃〔浹〕
挟〔挾〕
荚〔莢〕
峡〔峽〕
狭〔狹〕
惬〔愜〕
硖〔硤〕
铗〔鋏〕
颊〔頰〕
蛱〔蛺〕
瘗〔瘞〕
箧〔篋〕

戋

刬〔剗〕
浅〔淺〕
饯〔餞〕
线〔綫〕
残〔殘〕
栈〔棧〕
贱〔賤〕
盏〔盞〕
钱〔錢〕
笺〔箋〕
溅〔濺〕
践〔踐〕

监

滥〔濫〕
蓝〔藍〕
尴〔尷〕
槛〔檻〕
褴〔襤〕
篮〔籃〕

见

苋〔莧〕
岘〔峴〕
觃〔覎〕
视〔視〕
规〔規〕
现〔現〕
枧〔梘〕
觅〔覓〕
觉〔覺〕
砚〔硯〕
觇〔覘〕
览〔覽〕
宽〔寬〕
蚬〔蜆〕
觊〔覬〕
笕〔筧〕
觋〔覡〕
觌〔覿〕
靓〔靚〕

揽〔擥〕
揽〔攬〕
缆〔纜〕
窥〔窺〕
榄〔欖〕
觎〔覦〕
觐〔覲〕
觑〔覷〕
觊〔覬〕
髋〔髖〕

荐

鞯〔韉〕

将

蒋〔蔣〕
锵〔鏘〕

节

栉〔櫛〕

尽

浕〔濜〕
荩〔藎〕
烬〔燼〕
赆〔贐〕

进

琎〔璡〕

举

榉〔櫸〕

壳

悫〔愨〕

来

涞〔淶〕
莱〔萊〕
崃〔崍〕
徕〔徠〕
赉〔賚〕

睐〔睞〕
铼〔錸〕

乐

泺〔濼〕
烁〔爍〕
栎〔櫟〕
轹〔轢〕
砾〔礫〕
铄〔鑠〕

离

漓〔灕〕
篱〔籬〕

历

沥〔瀝〕
坜〔壢〕
苈〔藶〕
呖〔嚦〕
枥〔櫪〕
疬〔癧〕
雳〔靂〕

丽

俪〔儷〕
郦〔酈〕
逦〔邐〕
骊〔驪〕
鹂〔鸝〕
酾〔釃〕
鲡〔鱺〕

两

俩〔倆〕
唡〔啢〕
辆〔輛〕
满〔滿〕
瞒〔瞞〕
颟〔顢〕
螨〔蟎〕
魉〔魎〕
懑〔懣〕
蹒〔蹣〕

灵

棂〔欞〕

刘

浏〔瀏〕

龙

陇〔隴〕
泷〔瀧〕
宠〔寵〕
庞〔龐〕
垄〔壟〕
拢〔攏〕
茏〔蘢〕
咙〔嚨〕
珑〔瓏〕
栊〔櫳〕
龚〔龔〕
昽〔曨〕
胧〔朧〕
砻〔礱〕
袭〔襲〕
聋〔聾〕
龚〔龔〕
龛〔龕〕
笼〔籠〕
詟〔讋〕

娄

偻〔僂〕
溇〔漊〕
蒌〔蔞〕
搂〔摟〕
嵝〔嶁〕
喽〔嘍〕
缕〔縷〕
屡〔屢〕
数〔數〕
楼〔樓〕
瘘〔瘻〕
褛〔褸〕
窭〔窶〕
䁖〔瞜〕
镂〔鏤〕
屦〔屨〕
蝼〔螻〕
篓〔簍〕
耧〔耬〕
薮〔藪〕
擞〔擻〕
髅〔髏〕

卢

泸〔瀘〕
垆〔壚〕
栌〔櫨〕
轳〔轤〕
胪〔臚〕
鸬〔鸕〕
颅〔顱〕
舻〔艫〕
鲈〔鱸〕

虏

掳〔擄〕

卤

鹾〔鹺〕

录

箓〔籙〕

虑

滤〔濾〕
摅〔攄〕

仑

论〔論〕
伦〔倫〕
沦〔淪〕
抡〔掄〕
囵〔圇〕
纶〔綸〕
轮〔輪〕
瘪〔癟〕

罗

萝〔蘿〕
啰〔囉〕
逻〔邏〕
猡〔玀〕

椤〔欏〕
锣〔鑼〕
箩〔籮〕

马

冯〔馮〕
驭〔馭〕
闯〔闖〕
吗〔嗎〕
犸〔獁〕
驮〔馱〕
驰〔馳〕
驯〔馴〕
妈〔媽〕
玛〔瑪〕
驱〔驅〕
驳〔駁〕
码〔碼〕
驼〔駝〕
驻〔駐〕
驵〔駔〕
驾〔駕〕
驿〔驛〕
驷〔駟〕
驶〔駛〕
驹〔駒〕
驺〔騶〕
骀〔駘〕
驸〔駙〕
驽〔駑〕
骂〔罵〕
蚂〔螞〕
笃〔篤〕
骇〔駭〕
骈〔駢〕
骁〔驍〕
骄〔驕〕
骅〔驊〕
骆〔駱〕
骊〔驪〕
骋〔騁〕
验〔驗〕
骏〔駿〕
骎〔駸〕
骑〔騎〕
骐〔騏〕
骒〔騍〕
骓〔騅〕
骖〔驂〕
骗〔騙〕
骘〔騭〕
骛〔騖〕
骚〔騷〕
骞〔騫〕
骜〔驁〕
蓦〔驀〕
腾〔騰〕
骝〔騮〕
骟〔騸〕
骠〔驃〕
骢〔驄〕
骡〔騾〕
羁〔羈〕
骤〔驟〕
骥〔驥〕
骧〔驤〕

买

荬〔蕒〕

卖

读〔讀〕
渎〔瀆〕
续〔續〕
椟〔櫝〕
觌〔覿〕
赎〔贖〕
犊〔犢〕
牍〔牘〕
窦〔竇〕
黩〔黷〕

麦

唛〔嘜〕
麸〔麩〕

门

闩〔閂〕
闪〔閃〕
们〔們〕
闭〔閉〕
闯〔闖〕

问〔問〕
扪〔捫〕
闱〔闈〕
闵〔閔〕
闷〔悶〕
闰〔閏〕
闲〔閑〕
间〔間〕
闹〔鬧〕①
闸〔閘〕
钔〔鍆〕
阂〔閡〕
闺〔閨〕
闻〔聞〕
闼〔闥〕
闽〔閩〕
闾〔閭〕
闿〔闓〕
[illegible]〔[illegible]〕
阁〔閣〕
阀〔閥〕
润〔潤〕
涧〔澗〕
悯〔憫〕
阆〔閬〕
阅〔閱〕
阃〔閫〕
阄〔鬮〕①
[illegible]〔[illegible]〕
娴〔嫻〕
阏〔閼〕
阈〔閾〕
阉〔閹〕
阊〔閶〕
阍〔閽〕
阌〔閿〕
阋〔鬩〕①
阐〔闡〕
阎〔閻〕
焖〔燜〕
阑〔闌〕
裥〔襇〕
阔〔闊〕
痫〔癇〕
鹇〔鷴〕
阕〔闋〕
阒〔闃〕
搁〔擱〕
锏〔鐧〕
锎〔鐦〕
阙〔闕〕
阖〔闔〕
阗〔闐〕
榈〔櫚〕
简〔簡〕
谰〔讕〕
阚〔闞〕
蔺〔藺〕
澜〔瀾〕
斓〔斕〕
㘎〔[illegible]〕
镧〔鑭〕
躏〔躪〕

黾

渑〔澠〕
绳〔繩〕
鼋〔黿〕
蝇〔蠅〕
鼍〔鼉〕

难

傩〔儺〕
滩〔灘〕
摊〔攤〕
瘫〔癱〕

鸟

凫〔鳧〕
鸠〔鳩〕

①鬥字頭的字，一般也寫作門字頭，如鬧、鬮、鬩寫作閙、鬮、閲。因此，這些鬥字頭的字可簡化作门字頭。但鬥爭的鬥應簡作斗（見第一表）。

岛〔島〕
茑〔蔦〕
鸢〔鳶〕
鸣〔鳴〕
枭〔梟〕
鸩〔鴆〕
鸦〔鴉〕
䴓〔鳾〕
鸥〔鷗〕
鸨〔鴇〕
鸧〔鶬〕
窎〔窵〕
莺〔鶯〕
鸪〔鴣〕
捣〔搗〕
鸫〔鶇〕
鸬〔鸕〕
鸭〔鴨〕
鸯〔鴦〕
鸮〔鴞〕
鸲〔鴝〕
鸰〔鴒〕
鸳〔鴛〕
鸵〔鴕〕
袅〔裊〕
鸱〔鴟〕
鸶〔鷥〕
鸾〔鸞〕
䴔〔鵁〕
鸿〔鴻〕
鸷〔鷙〕
鸸〔鴯〕
䴕〔鴷〕
鸼〔鵃〕
鸽〔鴿〕
鸹〔鴰〕
鸺〔鵂〕
鸻〔鴴〕
鹈〔鵜〕
鹇〔鷳〕
鹁〔鵓〕
鹂〔鸝〕
鹃〔鵑〕
鹆〔鵒〕
鹄〔鵠〕
鹅〔鵝〕
鹑〔鶉〕
鹒〔鶊〕
䴖〔鶄〕
鹉〔鵡〕
鹊〔鵲〕
鹋〔鶓〕
鹌〔鵪〕
鹏〔鵬〕
鹐〔鵮〕
鹚〔鶿〕
鹕〔鶘〕
鹖〔鶡〕
䴗〔鶪〕
鹗〔鶚〕
鹘〔鶻〕
鹙〔鶖〕
鹜〔鶩〕
鹛〔鶥〕
鹤〔鶴〕
鹣〔鶼〕
鹞〔鷂〕
鹡〔鶺〕
䴘〔鷉〕
鹧〔鷓〕
鹥〔鷖〕
鹦〔鸚〕
鹨〔鷚〕
鹫〔鷲〕
鹩〔鷯〕
鹪〔鷦〕
鹬〔鷸〕
鹰〔鷹〕
鹯〔鸇〕
鹭〔鷺〕
䴙〔鸊〕
鹳〔鸛〕

聂

慑〔懾〕
滠〔灄〕
摄〔攝〕
嗫〔囁〕
镊〔鑷〕
颞〔顳〕
蹑〔躡〕

宁

泞〔濘〕
拧〔擰〕
咛〔嚀〕
狞〔獰〕
柠〔檸〕
聍〔聹〕

农

侬〔儂〕
浓〔濃〕
哝〔噥〕
脓〔膿〕

齐

剂〔劑〕
侪〔儕〕
济〔濟〕
荠〔薺〕
挤〔擠〕
脐〔臍〕
蛴〔蠐〕
跻〔躋〕
霁〔霽〕
鲚〔鱭〕
齑〔齏〕

岂

剀〔剴〕
凯〔凱〕
恺〔愷〕
闿〔闓〕
垲〔塏〕
桤〔榿〕
觊〔覬〕
硙〔磑〕
皑〔皚〕
铠〔鎧〕

气

忾〔愾〕
饩〔餼〕

迁

跹〔躚〕

佥

剑〔劍〕
俭〔儉〕
险〔險〕
捡〔撿〕
猃〔獫〕
验〔驗〕
检〔檢〕
殓〔殮〕
敛〔斂〕
脸〔臉〕
裣〔襝〕
睑〔瞼〕
签〔簽〕
潋〔瀲〕
蔹〔蘞〕

乔

侨〔僑〕
挢〔撟〕
荞〔蕎〕
峤〔嶠〕
骄〔驕〕
娇〔嬌〕
桥〔橋〕
轿〔轎〕
硚〔礄〕
矫〔矯〕
鞒〔鞽〕

亲

榇〔櫬〕

穷

䓖〔藭〕

区

讴〔謳〕
伛〔傴〕
沤〔漚〕
怄〔慪〕
抠〔摳〕
奁〔奩〕
呕〔嘔〕
岖〔嶇〕

妪〔嫗〕
驱〔驅〕
枢〔樞〕
瓯〔甌〕
欧〔歐〕
殴〔毆〕
鸥〔鷗〕
眍〔瞘〕
躯〔軀〕

啬

蔷〔薔〕
墙〔墻〕
嫱〔嬙〕
樯〔檣〕
穑〔穡〕

杀

铩〔鎩〕

审

谉〔讅〕
婶〔嬸〕

圣

柽〔檉〕
蛏〔蟶〕

师

浉〔溮〕
狮〔獅〕
蛳〔螄〕
筛〔篩〕

时

埘〔塒〕
莳〔蒔〕
鲥〔鰣〕

寿

俦〔儔〕
涛〔濤〕
祷〔禱〕
焘〔燾〕
畴〔疇〕
铸〔鑄〕

筹〔籌〕
踌〔躊〕

属

嘱〔囑〕
瞩〔矚〕

双

扨〔㩳〕

肃

萧〔蕭〕
啸〔嘯〕
潇〔瀟〕
箫〔簫〕
蟏〔蠨〕

岁

刿〔劌〕
哕〔噦〕
秽〔穢〕

孙

荪〔蓀〕
狲〔猻〕
逊〔遜〕

条

涤〔滌〕
绦〔縧〕
鲦〔鰷〕

万

厉〔厲〕
迈〔邁〕
励〔勵〕
疠〔癘〕
虿〔蠆〕
趸〔躉〕
砺〔礪〕
粝〔糲〕
蛎〔蠣〕

为

伪〔僞〕
沩〔潙〕
妫〔嬀〕

韦

讳〔諱〕
伟〔偉〕
闱〔闈〕
违〔違〕
苇〔葦〕
韧〔韌〕
帏〔幃〕
围〔圍〕
纬〔緯〕
炜〔煒〕
祎〔禕〕
玮〔瑋〕
韨〔韍〕
涠〔潿〕
韩〔韓〕
韫〔韞〕
韪〔韙〕
韬〔韜〕

乌

邬〔鄔〕
坞〔塢〕
呜〔嗚〕
钨〔鎢〕

无

怃〔憮〕
庑〔廡〕
抚〔撫〕
芜〔蕪〕
呒〔嘸〕
妩〔嫵〕

献

谳〔讞〕

乡

芗〔薌〕
飨〔饗〕

写

泻〔瀉〕

寻

浔〔潯〕
荨〔蕁〕
挦〔撏〕
鲟〔鱘〕

亚

垩〔堊〕
垭〔埡〕
挜〔掗〕
哑〔啞〕
娅〔婭〕
恶〔惡〕
〔噁〕
氩〔氬〕
壶〔壺〕

严

俨〔儼〕
酽〔釅〕

厌

恹〔懨〕
厣〔厴〕
靥〔靨〕
餍〔饜〕
魇〔魘〕
黡〔黶〕

尧

侥〔僥〕
浇〔澆〕
挠〔撓〕
荛〔蕘〕
峣〔嶢〕
哓〔嘵〕

娆〔嬈〕
骁〔驍〕
绕〔繞〕
饶〔饒〕
烧〔燒〕
桡〔橈〕
晓〔曉〕
硗〔磽〕
铙〔鐃〕
翘〔翹〕
蛲〔蟯〕
跷〔蹺〕

业

邺〔鄴〕

页

顶〔頂〕
顷〔頃〕
项〔項〕
顸〔頇〕
顺〔順〕
须〔須〕
颃〔頏〕
烦〔煩〕
顼〔頊〕
顽〔頑〕
顿〔頓〕
颀〔頎〕
颁〔頒〕
颂〔頌〕
倾〔傾〕
预〔預〕
庼〔廎〕
硕〔碩〕
颅〔顱〕
领〔領〕
颈〔頸〕
颇〔頗〕
颏〔頦〕
颊〔頰〕
颉〔頡〕
颍〔潁〕
颌〔頜〕
颋〔頲〕
滪〔澦〕
颐〔頤〕
蓣〔蕷〕
频〔頻〕
颓〔頹〕
颔〔頷〕
颖〔穎〕
颗〔顆〕
额〔額〕
颜〔顏〕
撷〔擷〕
题〔題〕
颙〔顒〕
颛〔顓〕
缬〔纈〕
濒〔瀕〕
颠〔顛〕
颟〔顢〕
颞〔顳〕
颡〔顙〕
嚣〔囂〕
颢〔顥〕
颤〔顫〕
巅〔巔〕
颥〔顬〕
癫〔癲〕
灏〔灝〕
颦〔顰〕
颧〔顴〕

义

议〔議〕
仪〔儀〕
蚁〔蟻〕

艺

呓〔囈〕

阴

荫〔蔭〕

隐

瘾〔癮〕

犹

莸〔蕕〕

鱼

鱽〔魛〕
渔〔漁〕
鲂〔魴〕
鱿〔魷〕
鲁〔魯〕
鲎〔鱟〕
蓟〔薊〕
鲆〔鮃〕
鲏〔鮍〕
鲅〔鮁〕
鲈〔鱸〕
鲇〔鮎〕
鲊〔鮓〕
䲟〔鮣〕
稣〔穌〕
鲋〔鮒〕
鲍〔鮑〕
鲐〔鮐〕
鲞〔鯗〕
鲝〔鮺〕
鲚〔鱭〕
鲛〔鮫〕
鲜〔鮮〕
鲑〔鮭〕
鲒〔鮚〕
鲔〔鮪〕
鲟〔鱘〕
鲗〔鰂〕
鲖〔鮦〕
鲙〔鱠〕
鲨〔鯊〕
噜〔嚕〕
鲡〔鱺〕
鲠〔鯁〕
鲢〔鰱〕
鲫〔鯽〕
鲥〔鰣〕
鲩〔鯇〕
鲣〔鰹〕
鲤〔鯉〕
鲦〔鰷〕
鲧〔鯀〕
橹〔櫓〕
氇〔氌〕
鲸〔鯨〕
鲭〔鯖〕
鲮〔鯪〕
鲰〔鯫〕
鲲〔鯤〕
鲻〔鯔〕
鲳〔鯧〕
鲱〔鯡〕
鲵〔鯢〕
鲷〔鯛〕
鲶〔鯰〕
藓〔蘚〕
䲡〔鰌〕
䲠〔鰆〕
鲿〔鱨〕
鳊〔鯿〕
鲽〔鰈〕
鳁〔鰛〕
鳃〔鰓〕
鳄〔鰐〕
镥〔鑥〕
鳅〔鰍〕
鳆〔鰒〕
鳇〔鰉〕
鳌〔鰲〕
⿰⿸虍鱼攵〔⿰⿸虍魚攵〕
䲢〔鰧〕
鳒〔鰜〕
鳍〔鰭〕
鳎〔鰨〕
鳏〔鰥〕
鳑〔鰟〕
癣〔癬〕
鳖〔鱉〕
鳙〔鱅〕
鳛〔鰼〕
鳕〔鱈〕
鳔〔鰾〕
鳓〔鰳〕
鳘〔鰵〕
鳗〔鰻〕
鳝〔鱔〕

鳟〔鱒〕
鳞〔鱗〕
鳜〔鱖〕
鳣〔鱣〕
鳢〔鱧〕

与

屿〔嶼〕
欤〔歟〕

云

芸〔蕓〕
昙〔曇〕
叆〔靉〕
叇〔靆〕

郑

掷〔擲〕
踯〔躑〕

执

垫〔墊〕
挚〔摯〕
贽〔贄〕
鸷〔鷙〕
蛰〔蟄〕
絷〔縶〕

质

锧〔鑕〕
踬〔躓〕

专

传〔傳〕
抟〔摶〕
转〔轉〕
膞〔膞〕
砖〔磚〕
啭〔囀〕

讠

计〔計〕
订〔訂〕
讣〔訃〕
讥〔譏〕
议〔議〕
讨〔討〕
讧〔訌〕
讦〔訐〕
记〔記〕
讯〔訊〕
讪〔訕〕
训〔訓〕
讫〔訖〕
访〔訪〕
讶〔訝〕
讳〔諱〕
讵〔詎〕
讴〔謳〕
诀〔訣〕
讷〔訥〕
设〔設〕
讽〔諷〕
讹〔訛〕
䜣〔訢〕
许〔許〕
论〔論〕
讼〔訟〕
讻〔訩〕
诂〔詁〕
诃〔訶〕
评〔評〕
诏〔詔〕
词〔詞〕
译〔譯〕
诎〔詘〕
诇〔詗〕
诅〔詛〕
识〔識〕
谄〔諂〕
诋〔詆〕
诉〔訴〕
诈〔詐〕
诊〔診〕
诒〔詒〕
诨〔諢〕
该〔該〕
详〔詳〕
诧〔詫〕
诓〔誆〕

诖〔註〕
诘〔詰〕
诙〔詼〕
试〔試〕
诗〔詩〕
诩〔詡〕
诤〔諍〕
诠〔詮〕
诛〔誅〕
诔〔誄〕
诟〔詬〕
诣〔詣〕
话〔話〕
诡〔詭〕
询〔詢〕
诚〔誠〕
诞〔誕〕
浒〔滸〕
诮〔誚〕
说〔說〕
诫〔誡〕
诬〔誣〕
语〔語〕

诵〔誦〕
罚〔罰〕
误〔誤〕
诰〔誥〕
诳〔誑〕
诱〔誘〕
诲〔誨〕
诶〔誒〕
狱〔獄〕
谊〔誼〕
谅〔諒〕
谈〔談〕
谆〔諄〕
谉〔讅〕
谇〔誶〕
请〔請〕
诺〔諾〕
诸〔諸〕
读〔讀〕
诼〔諑〕
诹〔諏〕
课〔課〕
诽〔誹〕

诿〔諉〕
谁〔誰〕
谀〔諛〕
调〔調〕
谄〔諂〕
谂〔諗〕
谛〔諦〕
谙〔諳〕
谜〔謎〕
谚〔諺〕
谝〔諞〕
谘〔諮〕
谌〔諶〕
谎〔謊〕
谋〔謀〕
谍〔諜〕
谐〔諧〕
谏〔諫〕
谞〔諝〕
谑〔謔〕
谒〔謁〕
谔〔諤〕
谓〔謂〕

谖〔諼〕
谕〔諭〕
谥〔謚〕
谤〔謗〕
谦〔謙〕
谧〔謐〕
谟〔謨〕
谠〔讜〕
谡〔謖〕
谢〔謝〕
谣〔謠〕
储〔儲〕
谪〔謫〕
谫〔譾〕
谨〔謹〕
谬〔謬〕
谩〔謾〕
谱〔譜〕
谮〔譖〕
谭〔譚〕
谰〔讕〕
谲〔譎〕
谯〔譙〕

蔼〔藹〕
槠〔櫧〕
谴〔譴〕
谵〔譫〕
谳〔讞〕
辩〔辯〕
䜩〔讌〕
雠〔讎〕①
谶〔讖〕
霭〔靄〕

饣

饥〔饑〕
饦〔飥〕
饧〔餳〕
饨〔飩〕
饭〔飯〕
饮〔飲〕
饫〔飫〕
饩〔餼〕
饪〔飪〕
饬〔飭〕
饲〔飼〕
饯〔餞〕
饰〔飾〕
饱〔飽〕
饴〔飴〕
饳〔飿〕
饸〔餄〕
饷〔餉〕
饺〔餃〕
饻〔餏〕
饼〔餅〕
饵〔餌〕
饶〔饒〕
蚀〔蝕〕
饹〔餎〕
饽〔餑〕
馁〔餒〕
饿〔餓〕
馆〔館〕
馄〔餛〕
馃〔餜〕
馅〔餡〕
馉〔餶〕
馇〔餷〕
馈〔饋〕
馊〔餿〕
馐〔饈〕
馍〔饃〕
馎〔餺〕
馏〔餾〕
馑〔饉〕
馒〔饅〕
馓〔饊〕
馔〔饌〕
馕〔饢〕

𠃓

汤〔湯〕
扬〔揚〕
场〔場〕
旸〔暘〕
饧〔餳〕
炀〔煬〕
杨〔楊〕
肠〔腸〕
疡〔瘍〕
砀〔碭〕
畅〔暢〕
钖〔鍚〕
殇〔殤〕
荡〔蕩〕
烫〔燙〕
觞〔觴〕

纟

丝〔絲〕
纠〔糾〕
纩〔纊〕
纡〔紆〕
纣〔紂〕
红〔紅〕
纪〔紀〕

①雠：用於校雠、雠定、仇雠等。表示仇恨、仇敵義時用仇。

纫〔紉〕	绊〔絆〕	统〔統〕	绽〔綻〕
纥〔紇〕	线〔綫〕	绒〔絨〕	绾〔綰〕
约〔約〕	绀〔紺〕	绕〔繞〕	绻〔綣〕
纨〔紈〕	绁〔紲〕	绔〔絝〕	绩〔績〕
级〔級〕	绂〔紱〕	结〔結〕	绫〔綾〕
纺〔紡〕	绋〔紼〕	绗〔絎〕	绪〔緒〕
纹〔紋〕	绎〔繹〕	给〔給〕	续〔續〕
纬〔緯〕	经〔經〕	绘〔繪〕	绮〔綺〕
纭〔紜〕	绍〔紹〕	绝〔絕〕	缀〔綴〕
纯〔純〕	组〔組〕	绛〔絳〕	绿〔綠〕
纰〔紕〕	细〔細〕	络〔絡〕	绰〔綽〕
纽〔紐〕	䌷〔紬〕	绚〔絢〕	绲〔緄〕
纳〔納〕	绅〔紳〕	绑〔綁〕	绳〔繩〕
纲〔綱〕	织〔織〕	莼〔蒓〕	绯〔緋〕
纱〔紗〕	绌〔絀〕	绠〔綆〕	绶〔綬〕
纴〔紝〕	终〔終〕	绨〔綈〕	绸〔綢〕
纷〔紛〕	绉〔縐〕	绡〔綃〕	绷〔綳〕
纶〔綸〕	绐〔紿〕	绢〔絹〕	绺〔綹〕
纸〔紙〕	哟〔喲〕	绣〔綉〕	维〔維〕
纵〔縱〕	绖〔絰〕	绥〔綏〕	绵〔綿〕
纾〔紓〕	荮〔葤〕	绦〔縧〕	缁〔緇〕
纼〔紖〕	荭〔葒〕	鸶〔鷥〕	缔〔締〕
咝〔噝〕	绞〔絞〕	综〔綜〕	编〔編〕

缕〔縷〕
缃〔緗〕
缂〔緙〕
缅〔緬〕
缘〔緣〕
缉〔緝〕
缇〔緹〕
缈〔緲〕
缗〔緡〕
缊〔緼〕
缌〔緦〕
缆〔纜〕
缓〔緩〕
缄〔緘〕
缑〔緱〕
缒〔縋〕
缎〔緞〕
辔〔轡〕
缞〔縗〕
缤〔繽〕
缟〔縞〕
缣〔縑〕
缢〔縊〕

缚〔縛〕
缙〔縉〕
缛〔縟〕
缜〔縝〕
缝〔縫〕
缡〔縭〕
潍〔濰〕
缩〔縮〕
缥〔縹〕
缪〔繆〕
缦〔縵〕
缨〔纓〕
缫〔繅〕
缧〔縲〕
蕴〔藴〕
缮〔繕〕
缯〔繒〕
缬〔纈〕
缭〔繚〕
橼〔櫞〕
缰〔繮〕
缳〔繯〕
缲〔繰〕

缱〔繾〕
缴〔繳〕
辫〔辮〕
缵〔纘〕

収

坚〔堅〕
贤〔賢〕
肾〔腎〕
竖〔竪〕
悭〔慳〕
紧〔緊〕
铿〔鏗〕
鲣〔鰹〕

苎

劳〔勞〕
茕〔煢〕
茔〔塋〕
荧〔熒〕
荣〔榮〕
荥〔滎〕
荦〔犖〕

涝〔澇〕
崂〔嶗〕
莹〔瑩〕
捞〔撈〕
唠〔嘮〕
莺〔鶯〕
萤〔螢〕
营〔營〕
萦〔縈〕
痨〔癆〕
嵘〔嶸〕
铹〔鐒〕
耢〔耮〕
蝾〔蠑〕

览

览〔覽〕
揽〔攬〕
缆〔纜〕
榄〔欖〕
鉴〔鑒〕

只

识〔識〕
帜〔幟〕
织〔織〕
炽〔熾〕
职〔職〕

钅

钆〔釓〕
钇〔釔〕
钌〔釕〕
钋〔釙〕
钉〔釘〕
针〔針〕
钊〔釗〕
钗〔釵〕
钎〔釬〕
钓〔釣〕
钏〔釧〕
钍〔釷〕
钐〔釤〕
钒〔釩〕
钖〔鍚〕
钕〔釹〕
钔〔鍆〕
钬〔鈥〕
钫〔鈁〕
钚〔鈈〕
钅牙〔釾〕
钪〔鈧〕
钯〔鈀〕
钭〔鈄〕
钙〔鈣〕
钝〔鈍〕
钛〔鈦〕
钘〔鈃〕
钮〔鈕〕
钞〔鈔〕
钢〔鋼〕
钠〔鈉〕
钡〔鋇〕
钤〔鈐〕
钧〔鈞〕
钩〔鈎〕
钦〔欽〕
钨〔鎢〕
铋〔鉍〕
钰〔鈺〕
钱〔錢〕
钲〔鉦〕
钳〔鉗〕
钴〔鈷〕
钺〔鉞〕
钵〔鉢〕
钹〔鈸〕
钼〔鉬〕
钾〔鉀〕
铀〔鈾〕
钿〔鈿〕
铎〔鐸〕
䥽〔鏺〕
铃〔鈴〕
铅〔鉛〕
铂〔鉑〕
铄〔鑠〕
铆〔鉚〕
铍〔鈹〕
钶〔鈳〕
铊〔鉈〕
钽〔鉭〕
铌〔鈮〕
钷〔鉕〕
铈〔鈰〕
铉〔鉉〕
铒〔鉺〕
铑〔銠〕
铕〔銪〕
铟〔銦〕
钅加〔鉫〕
铯〔銫〕
铥〔銩〕
铪〔鉿〕
铞〔銱〕
铫〔銚〕
铵〔銨〕
衔〔銜〕
铲〔鏟〕
铰〔鉸〕
铳〔銃〕
铱〔銥〕
铓〔鋩〕

铗〔鋏〕	锒〔鋃〕	锇〔鋨〕	键〔鍵〕
铐〔銬〕	铺〔鋪〕	锂〔鋰〕	镀〔鍍〕
铏〔鉶〕	铸〔鑄〕	锧〔鑕〕	镃〔鎡〕
铙〔鐃〕	嵚〔嶔〕	锘〔鍩〕	镁〔鎂〕
银〔銀〕	锓〔鋟〕	锞〔錁〕	镂〔鏤〕
铛〔鐺〕	锃〔鋥〕	锭〔錠〕	锲〔鍥〕
铜〔銅〕	链〔鏈〕	锗〔鍺〕	锵〔鏘〕
铝〔鋁〕	铿〔鏗〕	锝〔鍀〕	锷〔鍔〕
铡〔鍘〕	锏〔鐧〕	锫〔錇〕	锶〔鍶〕
铠〔鎧〕	销〔銷〕	错〔錯〕	锴〔鍇〕
铨〔銓〕	锁〔鎖〕	锚〔錨〕	锾〔鍰〕
铢〔銖〕	锄〔鋤〕	锛〔錛〕	锹〔鍬〕
铣〔銑〕	锅〔鍋〕	锯〔鋸〕	锿〔鎄〕
铤〔鋌〕	锉〔銼〕	锰〔錳〕	镅〔鎇〕
铭〔銘〕	锈〔銹〕	锢〔錮〕	镄〔鐨〕
铬〔鉻〕	锋〔鋒〕	锟〔錕〕	锻〔鍛〕
铮〔錚〕	锆〔鋯〕	锡〔錫〕	锸〔鍤〕
铧〔鏵〕	铹〔鐒〕	锣〔鑼〕	锼〔鎪〕
铩〔鎩〕	锔〔鋦〕	锤〔錘〕	镎〔鎿〕
揿〔撳〕	锕〔錒〕	锥〔錐〕	镓〔鎵〕
锌〔鋅〕	锎〔鐦〕	锦〔錦〕	镋〔钂〕
锐〔鋭〕	铽〔鋱〕	锨〔鍁〕	镔〔鑌〕
锑〔銻〕	铼〔錸〕	锱〔錙〕	镒〔鎰〕

⿰钅扇〔⿰釒扇〕
镑〔鎊〕
镐〔鎬〕
镉〔鎘〕
镊〔鑷〕
镇〔鎮〕
镍〔鎳〕
镌〔鎸〕
镏〔鎦〕
镜〔鏡〕
镝〔鏑〕
镛〔鏞〕
镞〔鏃〕
镖〔鏢〕
镚〔鏰〕
镗〔鏜〕
⿰钅著〔鐯〕
镘〔鏝〕
⿰钅⿱宀韦〔⿰金⿱宀韋〕
镦〔鐓〕
⿰钅善〔鐥〕
镨〔鐠〕
镧〔鑭〕

镥〔鑥〕
镤〔鏷〕
镢〔鐝〕
镣〔鐐〕
镫〔鐙〕
镪〔鏹〕
镰〔鐮〕
镱〔鐿〕
镭〔鐳〕
镬〔鑊〕
镮〔鐶〕
镯〔鐲〕
镲〔鑔〕
镳〔鑣〕
镴〔鑞〕
镶〔鑲〕
⿰钅矍〔钁〕

𭕄

峃〔嶨〕
学〔學〕
觉〔覺〕
搅〔攪〕

喾〔嚳〕
鸴〔鷽〕
黉〔黌〕

𠬤

译〔譯〕
泽〔澤〕
怿〔懌〕
择〔擇〕
峄〔嶧〕
绎〔繹〕
驿〔驛〕
铎〔鐸〕
萚〔蘀〕
释〔釋〕
箨〔籜〕

𢀖

劲〔勁〕
刭〔剄〕
陉〔陘〕
泾〔涇〕
茎〔莖〕

径〔徑〕
经〔經〕
烃〔烴〕
轻〔輕〕
氢〔氫〕
胫〔脛〕
痉〔痙〕
羟〔羥〕
颈〔頸〕
巯〔巰〕

亦

变〔變〕
弯〔彎〕
孪〔孿〕
峦〔巒〕
娈〔孌〕
恋〔戀〕
栾〔欒〕
挛〔攣〕
鸾〔鸞〕
湾〔灣〕
蛮〔蠻〕

脔〔臠〕
滦〔灤〕
銮〔鑾〕

呙

剐〔剮〕
涡〔渦〕
埚〔堝〕
㖞〔喎〕
莴〔萵〕
娲〔媧〕
祸〔禍〕
脶〔腡〕
窝〔窩〕
锅〔鍋〕
蜗〔蝸〕

附 錄

以下 39 個字是從《第一批異體字整理表》摘錄出來的。這些字習慣被看作簡化字，附此以便檢查。括弧裏的字是停止使用的異體字。

呆〔獃騃〕	杰〔傑〕①	弃〔棄〕	涌〔湧〕
布〔佈〕	巨〔鉅〕	升〔陞昇〕	岳〔嶽〕
痴〔癡〕	昆〔崑崐〕	笋〔筍〕	韵〔韻〕
床〔牀〕	捆〔綑〕	它〔牠〕	灾〔災〕
唇〔脣〕	泪〔淚〕	席〔蓆〕	札〔剳劄〕
雇〔僱〕	厘〔釐〕	凶〔兇〕	扎〔紮紥〕
挂〔掛〕	麻〔蔴〕	绣〔繡〕	占〔佔〕
哄〔閧鬨〕	脉〔脈〕	锈〔鏽〕	周〔週〕
迹〔跡蹟〕	猫〔貓〕	岩〔巖〕	注〔註〕
秸〔稭〕	栖〔棲〕	异〔異〕	

① 杰：從木，不從术。

二、繁簡字檢索

1. 從簡化字查繁體字

2 畫

厂〔廠〕
卜〔蔔〕
儿〔兒〕
几〔幾〕
了〔瞭〕

3 畫

干〔乾〕
　〔幹〕
亏〔虧〕
才〔纔〕
万〔萬〕
与〔與〕
千〔韆〕
亿〔億〕
个〔個〕
么〔麼〕
广〔廣〕
门〔門〕
义〔義〕
卫〔衛〕
飞〔飛〕
习〔習〕
马〔馬〕
乡〔鄉〕

4 畫

【一】

丰〔豐〕
开〔開〕
无〔無〕
韦〔韋〕
专〔專〕
云〔雲〕
扎〔紮〕*
　〔紥〕*
艺〔藝〕
厅〔廳〕
历〔歷〕
　〔曆〕
区〔區〕
巨〔鉅〕*
车〔車〕

【丨】

冈〔岡〕
贝〔貝〕
见〔見〕

【丿】

气〔氣〕
升〔陞〕*
　〔昇〕*
长〔長〕
仆〔僕〕
币〔幣〕
从〔從〕
仑〔侖〕
凶〔兇〕*
仓〔倉〕
风〔風〕
仅〔僅〕

凤〔鳳〕
乌〔烏〕

【丶】

闩〔閂〕
为〔爲〕
斗〔鬥〕
忆〔憶〕
订〔訂〕
计〔計〕
讣〔訃〕
认〔認〕
讥〔譏〕

【乛】

丑〔醜〕
队〔隊〕
办〔辦〕
邓〔鄧〕
劝〔勸〕
双〔雙〕
书〔書〕

5 畫

【一】

击〔擊〕
戋〔戔〕
扑〔撲〕
节〔節〕
术〔術〕
札〔劄〕*
　〔劄〕*
龙〔龍〕
厉〔厲〕
布〔佈〕*
灭〔滅〕
东〔東〕
轧〔軋〕

【丨】

占〔佔〕*
卢〔盧〕
业〔業〕
旧〔舊〕
帅〔帥〕
归〔歸〕
叶〔葉〕
号〔號〕
电〔電〕
只〔隻〕
　〔衹〕
叽〔嘰〕
叹〔嘆〕

【丿】

们〔們〕
仪〔儀〕
丛〔叢〕
尔〔爾〕
乐〔樂〕
处〔處〕
冬〔鼕〕
鸟〔鳥〕
务〔務〕
刍〔芻〕
饥〔饑〕
　〔飢〕

【丶】

邝〔鄺〕
冯〔馮〕
闪〔閃〕
兰〔蘭〕
头〔頭〕
汇〔匯〕
　〔彙〕
汉〔漢〕
宁〔寧〕
它〔牠〕*
写〔寫〕
礼〔禮〕
讦〔訐〕
讧〔訌〕
讨〔討〕
让〔讓〕
讪〔訕〕
讫〔訖〕
训〔訓〕
议〔議〕
讯〔訊〕

记〔記〕

【乛】

辽〔遼〕
边〔邊〕
出〔齣〕
发〔發〕
〔髮〕
圣〔聖〕
对〔對〕
台〔臺〕
〔檯〕
〔颱〕
驭〔馭〕
纠〔糾〕
丝〔絲〕

6 畫

【一】

玑〔璣〕
动〔動〕
执〔執〕
巩〔鞏〕
圹〔壙〕
扩〔擴〕
扪〔捫〕
扫〔掃〕
扬〔揚〕
场〔場〕
亚〔亞〕
芗〔薌〕
朴〔樸〕
机〔機〕
权〔權〕
过〔過〕
协〔協〕
压〔壓〕
厌〔厭〕
库〔厙〕
页〔頁〕
夸〔誇〕
夺〔奪〕
达〔達〕
夹〔夾〕
轨〔軌〕
尧〔堯〕
划〔劃〕
迈〔邁〕
毕〔畢〕

【丨】

贞〔貞〕
当〔當〕
〔噹〕
尘〔塵〕
吁〔籲〕
吓〔嚇〕
虫〔蟲〕
曲〔麯〕
团〔團〕
〔糰〕
吗〔嗎〕
屿〔嶼〕
岁〔歲〕
回〔迴〕
岂〔豈〕
则〔則〕
刚〔剛〕
网〔網〕

【丿】

钆〔釓〕
钇〔釔〕
朱〔硃〕
迁〔遷〕
乔〔喬〕
伟〔偉〕
传〔傳〕
伛〔傴〕
优〔優〕
伤〔傷〕
伥〔倀〕
价〔價〕
伦〔倫〕
伧〔傖〕
华〔華〕
伙〔夥〕
伪〔僞〕
向〔嚮〕
后〔後〕
会〔會〕
杀〔殺〕

合〔閤〕
众〔衆〕
爷〔爺〕
伞〔傘〕
创〔創〕
杂〔雜〕
负〔負〕
犷〔獷〕
犸〔獁〕
凫〔鳧〕
邬〔鄔〕
饦〔飥〕
饧〔餳〕

【丶】

壮〔壯〕
冲〔衝〕
妆〔妝〕
庄〔莊〕
庆〔慶〕
刘〔劉〕
齐〔齊〕
产〔產〕
闭〔閉〕
问〔問〕
闯〔闖〕
关〔關〕
灯〔燈〕
汤〔湯〕
忏〔懺〕
兴〔興〕
军〔軍〕
农〔農〕
讲〔講〕
讳〔諱〕
讴〔謳〕
讵〔詎〕
讶〔訝〕
讷〔訥〕
许〔許〕
讹〔訛〕
䜣〔訢〕
论〔論〕
讻〔訩〕
讼〔訟〕
讽〔諷〕
设〔設〕
访〔訪〕
诀〔訣〕

【乛】

寻〔尋〕
尽〔盡〕
〔儘〕
异〔異〕*
导〔導〕
孙〔孫〕
阵〔陣〕
阳〔陽〕
阶〔階〕
阴〔陰〕
妇〔婦〕
妈〔媽〕
戏〔戲〕
观〔觀〕
欢〔歡〕
买〔買〕
驮〔馱〕
驯〔馴〕
驰〔馳〕
纡〔紆〕
红〔紅〕
纣〔紂〕
纤〔縴〕
〔纖〕
纥〔紇〕
纨〔紈〕
约〔約〕
级〔級〕
纩〔纊〕
纪〔紀〕
纫〔紉〕

7 畫

【一】

寿〔壽〕
麦〔麥〕
玛〔瑪〕
进〔進〕
远〔遠〕
违〔違〕
运〔運〕

韧〔韌〕
刬〔剗〕
坛〔壇〕
〔罎〕
坏〔壞〕
坜〔壢〕
坝〔壩〕
坞〔塢〕
坟〔墳〕
块〔塊〕
贡〔貢〕
壳〔殼〕
声〔聲〕
抚〔撫〕
抟〔摶〕
抠〔摳〕
扰〔擾〕
㧏〔掆〕
折〔摺〕
抡〔掄〕
抢〔搶〕
护〔護〕
报〔報〕

拟〔擬〕
㧐〔㩳〕
芜〔蕪〕
苇〔葦〕
芸〔蕓〕
苈〔藶〕
苋〔莧〕
苁〔蓯〕
苍〔蒼〕
芦〔蘆〕
苏〔蘇〕
〔囌〕
严〔嚴〕
劳〔勞〕
克〔剋〕
极〔極〕
杨〔楊〕
两〔兩〕
丽〔麗〕
医〔醫〕
励〔勵〕
还〔還〕
矶〔磯〕

奁〔奩〕
歼〔殲〕
来〔來〕
欤〔歟〕
轩〔軒〕
轫〔軔〕
连〔連〕

【丨】

卤〔鹵〕
〔滷〕
邺〔鄴〕
坚〔堅〕
呒〔嘸〕
呓〔囈〕
呕〔嘔〕
呖〔嚦〕
吨〔噸〕
呗〔唄〕
听〔聽〕
呛〔嗆〕
呜〔嗚〕
时〔時〕

旷〔曠〕
旸〔暘〕
县〔縣〕
里〔裏〕
呆〔獃〕
员〔員〕
园〔園〕
围〔圍〕
困〔睏〕
囵〔圇〕
邮〔郵〕
别〔彆〕
财〔財〕
𧹑〔𧵳〕
帏〔幃〕
岖〔嶇〕
岗〔崗〕
岘〔峴〕
岚〔嵐〕
帐〔帳〕

【丿】

针〔針〕

钉〔釘〕
钊〔釗〕
钋〔釙〕
钌〔釕〕
乱〔亂〕
体〔體〕
佣〔傭〕
㑇〔㑳〕
彻〔徹〕
余〔餘〕
佥〔僉〕
谷〔穀〕
邻〔鄰〕
肠〔腸〕
龟〔龜〕
犹〔猶〕
狈〔狽〕
鸠〔鳩〕
条〔條〕
岛〔島〕
邹〔鄒〕
饨〔飩〕
饩〔餼〕
饪〔飪〕
饫〔飫〕
饬〔飭〕
饭〔飯〕
饮〔飲〕
系〔係〕
〔繫〕

【丶】

冻〔凍〕
状〔狀〕
亩〔畝〕
庑〔廡〕
床〔牀〕
库〔庫〕
应〔應〕
疖〔癤〕
疗〔療〕
这〔這〕
庐〔廬〕
弃〔棄〕
闰〔閏〕
闱〔闈〕
闲〔閑〕
间〔間〕
闵〔閔〕
闷〔悶〕
灶〔竈〕
灿〔燦〕
炀〔煬〕
沣〔灃〕
沤〔漚〕
沥〔瀝〕
沦〔淪〕
沧〔滄〕
沨〔渢〕
沟〔溝〕
沩〔潙〕
沪〔滬〕
沈〔瀋〕
怃〔憮〕
怀〔懷〕
怄〔慪〕
忧〔憂〕
忾〔愾〕
怅〔悵〕
怆〔愴〕
灾〔災〕*
穷〔窮〕
证〔證〕
诂〔詁〕
诃〔訶〕
评〔評〕
诅〔詛〕
识〔識〕
诇〔詗〕
诈〔詐〕
诉〔訴〕
诊〔診〕
诋〔詆〕
诌〔謅〕
词〔詞〕
诎〔詘〕
诏〔詔〕
译〔譯〕
诒〔詒〕
启〔啓〕
补〔補〕

【乛】

灵〔靈〕
层〔層〕
迟〔遲〕
张〔張〕
际〔際〕
陆〔陸〕
陇〔隴〕
陈〔陳〕
坠〔墜〕
陉〔陘〕
妪〔嫗〕
妩〔嫵〕
妫〔媯〕
到〔剄〕
劲〔勁〕
鸡〔鷄〕
驱〔驅〕
驳〔駁〕
驴〔驢〕
纬〔緯〕
纭〔紜〕
纯〔純〕
纰〔紕〕
纱〔紗〕
纲〔綱〕
纳〔納〕
纴〔紝〕
纵〔縱〕
纶〔綸〕
纷〔紛〕
纸〔紙〕
纹〔紋〕
纺〔紡〕
纼〔紖〕
纽〔紐〕
纾〔紓〕

8 畫

【一】

玮〔瑋〕
环〔環〕
责〔責〕
现〔現〕
表〔錶〕
玱〔瑲〕
规〔規〕
匦〔匭〕
垆〔壚〕
顶〔頂〕
担〔擔〕
拢〔攏〕
拣〔揀〕
拥〔擁〕
势〔勢〕
拦〔攔〕
扻〔擓〕
拧〔擰〕
拨〔撥〕
择〔擇〕
茏〔蘢〕
苹〔蘋〕
茑〔蔦〕
范〔範〕
茔〔塋〕
茕〔煢〕
茎〔莖〕
枢〔樞〕
枥〔櫪〕
柜〔櫃〕
㭎〔棡〕
枧〔梘〕
枨〔棖〕
板〔闆〕
枞〔樅〕
松〔鬆〕
枪〔槍〕
枫〔楓〕
构〔構〕
杰〔傑〕*
丧〔喪〕
画〔畫〕
枣〔棗〕
卖〔賣〕
郁〔鬱〕
矾〔礬〕
矿〔礦〕
砀〔碭〕
码〔碼〕
厕〔廁〕
奋〔奮〕

态〔態〕
瓯〔甌〕
欧〔歐〕
殴〔毆〕
垄〔壟〕
郏〔郟〕
轰〔轟〕
顷〔頃〕
转〔轉〕
轭〔軛〕
斩〔斬〕
轮〔輪〕
软〔軟〕
鸢〔鳶〕

【丨】

齿〔齒〕
虏〔虜〕
肾〔腎〕
贤〔賢〕
昙〔曇〕
昆〔崑〕*
国〔國〕
畅〔暢〕
咙〔嚨〕
虮〔蟣〕
黾〔黽〕
鸣〔鳴〕
咛〔嚀〕
咝〔噝〕
罗〔羅〕
岩〔巖〕*
岽〔崬〕
岿〔巋〕
帜〔幟〕
岭〔嶺〕
刿〔劌〕
剀〔剴〕
凯〔凱〕
峄〔嶧〕
败〔敗〕
账〔賬〕
贩〔販〕
贬〔貶〕
贮〔貯〕
购〔購〕
图〔圖〕

【丿】

钍〔釷〕
钎〔釺〕
钏〔釧〕
钐〔釤〕
钓〔釣〕
钒〔釩〕
钔〔鍆〕
钕〔釹〕
钖〔鍚〕
钗〔釵〕
制〔製〕
刮〔颳〕
岳〔嶽〕*
侠〔俠〕
侥〔僥〕
侦〔偵〕
侧〔側〕
凭〔憑〕
侨〔僑〕
侩〔儈〕
货〔貨〕
侪〔儕〕
侬〔儂〕
质〔質〕
征〔徵〕
径〔徑〕
舍〔捨〕
刽〔劊〕
郐〔鄶〕
怂〔慫〕
籴〔糴〕
觅〔覓〕
贪〔貪〕
贫〔貧〕
戗〔戧〕
肤〔膚〕
肿〔腫〕
胀〔脹〕
肮〔骯〕
胁〔脅〕
周〔週〕*
迩〔邇〕

鱼〔魚〕
狞〔獰〕
备〔備〕
枭〔梟〕
饯〔餞〕
饰〔飾〕
饱〔飽〕
饲〔飼〕
饳〔飿〕
饴〔飴〕

【丶】

变〔變〕
庞〔龐〕
庙〔廟〕
疟〔瘧〕
疠〔癘〕
疡〔瘍〕
剂〔劑〕
废〔廢〕
闸〔閘〕
闹〔鬧〕
郑〔鄭〕
卷〔捲〕
单〔單〕
炜〔煒〕
炝〔熗〕
炉〔爐〕
浅〔淺〕
泷〔瀧〕
泸〔瀘〕
泪〔淚〕*
泺〔濼〕
注〔註〕*
泞〔濘〕
泻〔瀉〕
泼〔潑〕
泽〔澤〕
泾〔涇〕
怜〔憐〕
㤽〔㥮〕
怿〔懌〕
峃〔嶨〕
学〔學〕
宝〔寶〕
宠〔寵〕
审〔審〕
帘〔簾〕
实〔實〕
郓〔鄆〕
衬〔襯〕
祎〔禕〕
视〔視〕
诓〔誆〕
诔〔誄〕
试〔試〕
诖〔詿〕
诗〔詩〕
诘〔詰〕
诙〔詼〕
诚〔誠〕
诛〔誅〕
话〔話〕
诞〔誕〕
诟〔詬〕
诠〔詮〕
诡〔詭〕
询〔詢〕
诣〔詣〕
诤〔諍〕
该〔該〕
详〔詳〕
诧〔詫〕
诨〔諢〕
诩〔詡〕

【乛】

肃〔肅〕
隶〔隸〕
录〔錄〕
弥〔彌〕
〔瀰〕
陕〔陝〕
驽〔駑〕
驾〔駕〕
参〔參〕
艰〔艱〕
驵〔駔〕
驶〔駛〕
驸〔駙〕
驷〔駟〕
驹〔駒〕

驺〔騶〕
驻〔駐〕
驼〔駝〕
驿〔驛〕
骀〔駘〕
线〔綫〕
绀〔紺〕
绁〔紲〕
绂〔紱〕
练〔練〕
组〔組〕
绅〔紳〕
䌷〔紬〕
细〔細〕
终〔終〕
织〔織〕
绉〔縐〕
绊〔絆〕
绋〔紼〕
绌〔絀〕
绍〔紹〕
绎〔繹〕
经〔經〕
绐〔紿〕
贯〔貫〕

9 畫

【一】

贰〔貳〕
帮〔幫〕
珑〔瓏〕
顸〔頇〕
韨〔韍〕
垭〔埡〕
垲〔塏〕
赵〔趙〕
贲〔賁〕
挂〔掛〕*
挜〔掗〕
挝〔撾〕
挞〔撻〕
挟〔挾〕
挠〔撓〕
挡〔擋〕
挢〔撟〕
垫〔墊〕
挤〔擠〕
挥〔揮〕
挦〔撏〕
荐〔薦〕
荚〔莢〕
贳〔貰〕
荛〔蕘〕
荜〔蓽〕
带〔帶〕
茧〔繭〕
荞〔蕎〕
荟〔薈〕
荠〔薺〕
荡〔蕩〕
垩〔堊〕
荣〔榮〕
荤〔葷〕
荥〔滎〕
荦〔犖〕
荧〔熒〕
荨〔蕁〕
胡〔鬍〕
荩〔藎〕
荪〔蓀〕
荫〔蔭〕
荬〔蕒〕
荭〔葒〕
荮〔葤〕
药〔藥〕
标〔標〕
栈〔棧〕
栉〔櫛〕
栊〔櫳〕
栋〔棟〕
栌〔櫨〕
栎〔櫟〕
栏〔欄〕
柠〔檸〕
柽〔檉〕
树〔樹〕
䴓〔鳾〕
郦〔酈〕
咸〔鹹〕
砖〔磚〕
厘〔釐〕*
砗〔硨〕

砚〔硯〕
飒〔颯〕
面〔麵〕
牵〔牽〕
鸥〔鷗〕
龚〔龔〕
残〔殘〕
殇〔殤〕
轱〔軲〕
轲〔軻〕
轳〔轤〕
轴〔軸〕
轶〔軼〕
轷〔軤〕
轸〔軫〕
轹〔轢〕
轺〔軺〕
轻〔輕〕
鸦〔鴉〕
虿〔蠆〕

【丨】

战〔戰〕
觇〔覘〕
点〔點〕
临〔臨〕
览〔覽〕
竖〔豎〕
尝〔嘗〕
眍〔瞘〕
昽〔曨〕
哄〔閧〕*
哑〔啞〕
显〔顯〕
哒〔噠〕
哓〔嘵〕
哔〔嗶〕
贵〔貴〕
虾〔蝦〕
蚁〔蟻〕
蚂〔螞〕
虽〔雖〕
骂〔罵〕
哕〔噦〕
剐〔剮〕
郧〔鄖〕
勋〔勛〕
哗〔嘩〕
响〔響〕
哙〔噲〕
哝〔噥〕
哟〔喲〕
峡〔峽〕
峣〔嶢〕
峤〔嶠〕
帧〔幀〕
罚〔罰〕
贱〔賤〕
贴〔貼〕
贶〔貺〕
贻〔貽〕

【丿】

钘〔鈃〕
钙〔鈣〕
钚〔鈈〕
钛〔鈦〕
钘〔釾〕
钝〔鈍〕
钞〔鈔〕
钟〔鐘〕
〔鍾〕
钡〔鋇〕
钢〔鋼〕
钠〔鈉〕
钥〔鑰〕
钦〔欽〕
钧〔鈞〕
钤〔鈐〕
钨〔鎢〕
钩〔鈎〕
钪〔鈧〕
钫〔鈁〕
钬〔鈥〕
斜〔斜〕
钮〔鈕〕
钯〔鈀〕
毡〔氈〕
氢〔氫〕
选〔選〕
适〔適〕
种〔種〕

秋〔鞦〕
复〔復〕
〔複〕
笃〔篤〕
俦〔儔〕
俨〔儼〕
俩〔倆〕
俪〔儷〕
贷〔貸〕
顺〔順〕
俭〔儉〕
剑〔劍〕
鸧〔鶬〕
须〔須〕
〔鬚〕
胧〔朧〕
胨〔腖〕
胪〔臚〕
胆〔膽〕
胜〔勝〕
脉〔脈〕*
胫〔脛〕
鸨〔鴇〕

狭〔狹〕
狮〔獅〕
独〔獨〕
狯〔獪〕
狱〔獄〕
狲〔猻〕
贸〔貿〕
饵〔餌〕
饶〔饒〕
蚀〔蝕〕
饷〔餉〕
饸〔餄〕
饺〔餃〕
饻〔餏〕
饼〔餅〕

【丶】

峦〔巒〕
弯〔彎〕
孪〔孿〕
娈〔孌〕
将〔將〕
奖〔獎〕

迹〔跡〕*
〔蹟〕*
疬〔癧〕
疮〔瘡〕
疯〔瘋〕
亲〔親〕
飒〔颯〕
闺〔閨〕
闻〔聞〕
闼〔闥〕
闽〔閩〕
闾〔閭〕
闿〔闓〕
阀〔閥〕
阁〔閣〕
闸〔閘〕
阂〔閡〕
养〔養〕
姜〔薑〕
类〔類〕
娄〔婁〕
总〔總〕
炼〔煉〕

炽〔熾〕
烁〔爍〕
烂〔爛〕
烃〔烴〕
洼〔窪〕
洁〔潔〕
洒〔灑〕
浃〔澾〕
浃〔浹〕
浇〔澆〕
浈〔湞〕
浉〔溮〕
浊〔濁〕
测〔測〕
浍〔澮〕
浏〔瀏〕
济〔濟〕
浐〔滻〕
浑〔渾〕
浒〔滸〕
浓〔濃〕
浔〔潯〕
浕〔濜〕

恸〔慟〕
恹〔懨〕
恺〔愷〕
恻〔惻〕
恼〔惱〕
恽〔惲〕
举〔舉〕
觉〔覺〕
宪〔憲〕
窃〔竊〕
诫〔誡〕
诬〔誣〕
语〔語〕
诮〔誚〕
误〔誤〕
诰〔誥〕
诱〔誘〕
诲〔誨〕
诳〔誑〕
说〔説〕
诵〔誦〕
诶〔誒〕
袄〔襖〕
祢〔禰〕
鸩〔鴆〕

【乛】

垦〔墾〕
昼〔晝〕
费〔費〕
逊〔遜〕
陨〔隕〕
险〔險〕
贺〔賀〕
怼〔懟〕
骁〔驍〕
骄〔驕〕
骅〔驊〕
骆〔駱〕
骈〔駢〕
骇〔駭〕
垒〔壘〕
娅〔婭〕
娆〔嬈〕
娇〔嬌〕
绑〔綁〕
绒〔絨〕
结〔結〕
绔〔絝〕
绕〔繞〕
绖〔絰〕
绘〔繪〕
绞〔絞〕
统〔統〕
绗〔絎〕
给〔給〕
绚〔絢〕
绛〔絳〕
络〔絡〕
绝〔絶〕

10 畫

【一】

艳〔艷〕
项〔項〕
珲〔琿〕
蚕〔蠶〕
顽〔頑〕
盏〔盞〕
载〔載〕
赶〔趕〕
盐〔鹽〕
埘〔塒〕
埙〔塤〕
捞〔撈〕
捆〔綑〕*
损〔損〕
捡〔撿〕
贽〔贄〕
挚〔摯〕
热〔熱〕
捣〔搗〕
壶〔壺〕
聂〔聶〕
莱〔萊〕
莲〔蓮〕
莳〔蒔〕
莴〔萵〕
获〔獲〕
〔穫〕
恶〔惡〕
劳〔藭〕

莹〔瑩〕
莺〔鶯〕
鸪〔鴣〕
莼〔蒓〕
栖〔棲〕*
桡〔橈〕
桢〔楨〕
档〔檔〕
桤〔榿〕
桥〔橋〕
桦〔樺〕
桧〔檜〕
桩〔樁〕
样〔樣〕
贾〔賈〕
逦〔邐〕
唇〔脣〕*
砺〔礪〕
砾〔礫〕
础〔礎〕
砻〔礱〕
顾〔顧〕
轼〔軾〕
轾〔輊〕
轿〔轎〕
辂〔輅〕
较〔較〕
鸫〔鶇〕
顿〔頓〕
趸〔躉〕
毙〔斃〕
致〔緻〕

【丨】

龇〔齜〕
鸬〔鸕〕
虑〔慮〕
监〔監〕
紧〔緊〕
党〔黨〕
唛〔嘜〕
啧〔嘖〕
唠〔嘮〕
唡〔啢〕
唢〔嗩〕
㖞〔喎〕
鸭〔鴨〕
鸮〔鴞〕
晒〔曬〕
晓〔曉〕
晔〔曄〕
晕〔暈〕
蚬〔蜆〕
鸯〔鴦〕
崂〔嶗〕
崃〔崍〕
罢〔罷〕
圆〔圓〕
觊〔覬〕
贼〔賊〕
贿〔賄〕
赂〔賂〕
赃〔贓〕
赅〔賅〕

【丿】

钰〔鈺〕
钱〔錢〕
钲〔鉦〕
钳〔鉗〕
钴〔鈷〕
钵〔鉢〕
钶〔鈳〕
钷〔鉕〕
钹〔鈸〕
钺〔鉞〕
钻〔鑽〕
钼〔鉬〕
钽〔鉭〕
钾〔鉀〕
铀〔鈾〕
钿〔鈿〕
铁〔鐵〕
铂〔鉑〕
铃〔鈴〕
铄〔鑠〕
铅〔鉛〕
铆〔鉚〕
铈〔鈰〕
铉〔鉉〕
铊〔鉈〕
铋〔鉍〕

铌〔鈮〕
铍〔鈹〕
𬭛〔鏺〕
铎〔鐸〕
氩〔氬〕
牺〔犧〕
敌〔敵〕
积〔積〕
称〔稱〕
笕〔筧〕
笔〔筆〕
笋〔筍〕*
债〔債〕
借〔藉〕
倾〔傾〕
赁〔賃〕
颀〔頎〕
徕〔徠〕
舰〔艦〕
舱〔艙〕
耸〔聳〕
爱〔愛〕
鸰〔鴒〕
颁〔頒〕
脍〔膾〕
脏〔臟〕
〔髒〕
脐〔臍〕
脑〔腦〕
胶〔膠〕
脓〔膿〕
鸱〔鴟〕
玺〔璽〕
鱽〔魛〕
鸲〔鴝〕
猃〔獫〕
鸵〔鴕〕
袅〔裊〕
鸳〔鴛〕
皱〔皺〕
饽〔餑〕
饿〔餓〕
馁〔餒〕

【丶】

栾〔欒〕
挛〔攣〕
恋〔戀〕
桨〔槳〕
浆〔漿〕
席〔蓆〕*
症〔癥〕
痈〔癰〕
痉〔痙〕
准〔準〕
离〔離〕
颃〔頏〕
资〔資〕
竞〔競〕
阃〔閫〕
𬮱〔闉〕
阉〔閹〕
阅〔閲〕
阆〔閬〕
郸〔鄲〕
烦〔煩〕
烧〔燒〕
烛〔燭〕
烨〔燁〕
烩〔燴〕
烬〔燼〕
递〔遞〕
涛〔濤〕
涝〔澇〕
涞〔淶〕
涟〔漣〕
涠〔潿〕
涢〔溳〕
涡〔渦〕
涂〔塗〕
涤〔滌〕
润〔潤〕
涧〔澗〕
涨〔漲〕
烫〔燙〕
涩〔澀〕
涌〔湧〕*
悭〔慳〕
悯〔憫〕
宽〔寬〕
家〔傢〕
宾〔賓〕

窍〔竅〕
窎〔窵〕
请〔請〕
诸〔諸〕
诹〔諏〕
诺〔諾〕
诼〔諑〕
读〔讀〕
诽〔誹〕
袜〔襪〕
祯〔禎〕
课〔課〕
诿〔諉〕
谀〔諛〕
谁〔誰〕
谂〔諗〕
调〔調〕
谄〔諂〕
谅〔諒〕
谆〔諄〕
谇〔誶〕
谈〔談〕
谊〔誼〕
谉〔讅〕

【乛】

恳〔懇〕
剧〔劇〕
娲〔媧〕
娴〔嫻〕
难〔難〕
预〔預〕
骊〔驪〕
骋〔騁〕
验〔驗〕
骎〔駸〕
骏〔駿〕
绠〔綆〕
绡〔綃〕
绢〔絹〕
绣〔綉〕
〔繡〕*
绥〔綏〕
绦〔縧〕
继〔繼〕
绨〔綈〕
鸶〔鷥〕

11 畫

【一】

焘〔燾〕
琎〔璡〕
琏〔璉〕
琐〔瑣〕
麸〔麩〕
壶〔壺〕
悫〔慤〕
掳〔擄〕
掴〔摑〕
鸷〔鷙〕
掷〔擲〕
据〔據〕
掺〔摻〕
掼〔摜〕
职〔職〕
聍〔聹〕
萚〔蘀〕
勚〔勩〕
萝〔蘿〕
萤〔螢〕
营〔營〕
萦〔縈〕
萧〔蕭〕
萨〔薩〕
梦〔夢〕
觋〔覡〕
检〔檢〕
棂〔欞〕
啬〔嗇〕
匮〔匱〕
酝〔醞〕
厣〔厴〕
硕〔碩〕
硖〔硤〕
硗〔磽〕
硙〔磑〕
硚〔礄〕
鸸〔鴯〕
聋〔聾〕
龚〔龔〕
袭〔襲〕
鸷〔鷙〕

殒〔殞〕
殓〔殮〕
赍〔賫〕
辄〔輒〕
辅〔輔〕
辆〔輛〕
堑〔塹〕

【丨】

颅〔顱〕
啧〔嘖〕
啭〔囀〕
啮〔嚙〕
悬〔懸〕
跃〔躍〕
跄〔蹌〕
蛎〔蠣〕
蛊〔蠱〕
蛏〔蟶〕
累〔纍〕
啰〔囉〕
啸〔嘯〕
帻〔幘〕
崭〔嶄〕
逻〔邏〕
帼〔幗〕
赈〔賑〕
婴〔嬰〕
赊〔賒〕

【丿】

铏〔鉶〕
铐〔銬〕
铑〔銠〕
铒〔鉺〕
铓〔鋩〕
铕〔銪〕
铗〔鋏〕
铙〔鐃〕
铛〔鐺〕
铝〔鋁〕
铜〔銅〕
铞〔銱〕
铟〔銦〕
铠〔鎧〕
铡〔鍘〕
铢〔銖〕
铣〔銑〕
铥〔銩〕
铤〔鋌〕
铧〔鏵〕
铨〔銓〕
铩〔鎩〕
铪〔鉿〕
铫〔銚〕
铭〔銘〕
铬〔鉻〕
铮〔錚〕
铯〔銫〕
铰〔鉸〕
铱〔銥〕
铲〔鏟〕
铳〔銃〕
铵〔銨〕
银〔銀〕
铷〔銣〕
矫〔矯〕
鸹〔鴰〕
秸〔稭〕*
秽〔穢〕
笺〔箋〕
笼〔籠〕
笾〔籩〕
偾〔僨〕
鸺〔鵂〕
偿〔償〕
偻〔僂〕
躯〔軀〕
皑〔皚〕
衅〔釁〕
鸻〔鴴〕
衔〔銜〕
舻〔艫〕
盘〔盤〕
鸼〔鵃〕
鸽〔鴿〕
龛〔龕〕
敛〔斂〕
领〔領〕
脶〔腡〕
脸〔臉〕
猎〔獵〕

猫〔貓〕*
猡〔玀〕
猕〔獼〕
馃〔餜〕
馄〔餛〕
馅〔餡〕
馆〔館〕

【丶】

鸾〔鸞〕
麻〔蔴〕*
庼〔廎〕
痒〔癢〕
䴔〔鵁〕
旋〔鏇〕
阈〔閾〕
阉〔閹〕
阊〔閶〕
阋〔鬩〕
阌〔閿〕
阍〔閽〕
阎〔閻〕
阏〔閼〕
阐〔闡〕
粝〔糲〕
断〔斷〕
羟〔羥〕
盖〔蓋〕
兽〔獸〕
焖〔燜〕
渍〔漬〕
鸿〔鴻〕
渎〔瀆〕
渐〔漸〕
渑〔澠〕
渊〔淵〕
渔〔漁〕
淀〔澱〕
渗〔滲〕
惬〔愜〕
惭〔慚〕
惧〔懼〕
惊〔驚〕
惮〔憚〕
惨〔慘〕
惯〔慣〕
祷〔禱〕
祸〔禍〕
裆〔襠〕
皲〔皸〕
谌〔諶〕
谋〔謀〕
谍〔諜〕
谎〔謊〕
谏〔諫〕
谐〔諧〕
谑〔謔〕
谒〔謁〕
谓〔謂〕
谔〔諤〕
谕〔諭〕
谖〔諼〕
谗〔讒〕
谘〔諮〕
谙〔諳〕
谚〔諺〕
谛〔諦〕
谜〔謎〕
谝〔諞〕
谞〔諝〕

【乛】

弹〔彈〕
堕〔墮〕
随〔隨〕
隐〔隱〕
粜〔糶〕
婳〔嫿〕
婵〔嬋〕
婶〔嬸〕
颇〔頗〕
颈〔頸〕
骐〔騏〕
骑〔騎〕
骒〔騍〕
骓〔騅〕
骖〔驂〕
绩〔績〕
绪〔緒〕
绫〔綾〕
续〔續〕
绮〔綺〕

绯〔緋〕
绰〔綽〕
绲〔緄〕
绳〔繩〕
维〔維〕
绵〔綿〕
绶〔綬〕
绷〔綳〕
绸〔綢〕
绺〔綹〕
绻〔綣〕
综〔綜〕
绽〔綻〕
绾〔綰〕
绿〔綠〕
缀〔綴〕
缁〔緇〕

12 畫

【一】

靓〔靚〕
琼〔瓊〕
辇〔輦〕
鼋〔黿〕
趋〔趨〕
揽〔攬〕
颉〔頡〕
揿〔撳〕
搀〔攙〕
蛰〔蟄〕
絷〔縶〕
搁〔擱〕
搂〔摟〕
搅〔攪〕
联〔聯〕
蒇〔蕆〕
蒉〔蕢〕
蒋〔蔣〕
蒌〔蔞〕
韩〔韓〕
椟〔櫝〕
椤〔欏〕
赍〔賫〕
椭〔橢〕
鹁〔鵓〕
鹂〔鸝〕
觌〔覿〕
硷〔鹼〕
确〔確〕
詟〔讋〕
殚〔殫〕
颊〔頰〕
雳〔靂〕
辊〔輥〕
辋〔輞〕
椠〔槧〕
暂〔暫〕
辍〔輟〕
辎〔輜〕
翘〔翹〕

【丨】

辈〔輩〕
凿〔鑿〕
辉〔輝〕
赏〔賞〕
睐〔睞〕
睑〔瞼〕
喷〔噴〕
畴〔疇〕
践〔踐〕
遗〔遺〕
蛱〔蛺〕
蛲〔蟯〕
蛳〔螄〕
蛴〔蠐〕
鹃〔鵑〕
喽〔嘍〕
嵘〔嶸〕
嵚〔嶔〕
嵝〔嶁〕
赋〔賦〕
婧〔睛〕
赌〔賭〕
赎〔贖〕
赐〔賜〕
赒〔賙〕
赔〔賠〕
赕〔賧〕

【丿】

铸〔鑄〕

锛〔鐐〕
铺〔鋪〕
铼〔錸〕
铽〔鋱〕
链〔鏈〕
铿〔鏗〕
销〔銷〕
锁〔鎖〕
锃〔鋥〕
锄〔鋤〕
锂〔鋰〕
锅〔鍋〕
锆〔鋯〕
锇〔鋨〕
锈〔銹〕
〔鏽〕*
锉〔銼〕
锋〔鋒〕
锌〔鋅〕
锎〔鐦〕
锏〔鐧〕
锐〔鋭〕
锑〔銻〕
锒〔鋃〕
锓〔鋟〕
锔〔鋦〕
锕〔錒〕
犊〔犢〕
鹄〔鵠〕
鹅〔鵝〕
颋〔頲〕
筑〔築〕
筚〔篳〕
筛〔篩〕
牍〔牘〕
傥〔儻〕
傧〔儐〕
储〔儲〕
傩〔儺〕
惩〔懲〕
御〔禦〕
颌〔頜〕
释〔釋〕
鹆〔鵒〕
腊〔臘〕
腘〔膕〕
鱿〔魷〕
鲁〔魯〕
鲂〔魴〕
颍〔潁〕
飓〔颶〕
觞〔觴〕
惫〔憊〕
馇〔餷〕
馈〔饋〕
馉〔餶〕
馊〔餿〕
馋〔饞〕

【丶】

亵〔褻〕
装〔裝〕
蛮〔蠻〕
脔〔臠〕
痨〔癆〕
痫〔癇〕
赓〔賡〕
颏〔頦〕
鹇〔鷳〕
阑〔闌〕
阒〔闃〕
阔〔闊〕
阕〔闋〕
粪〔糞〕
鹈〔鵜〕
窜〔竄〕
窝〔窩〕
喾〔嚳〕
愤〔憤〕
愦〔憒〕
滞〔滯〕
湿〔濕〕
溃〔潰〕
溅〔濺〕
溇〔漊〕
湾〔灣〕
雇〔僱〕*
裢〔褳〕
裣〔襝〕
裤〔褲〕
裥〔襇〕
禅〔禪〕

谟〔謨〕
谠〔讜〕
谡〔謖〕
谢〔謝〕
谣〔謠〕
谤〔謗〕
谥〔謚〕
谦〔謙〕
谧〔謐〕

【乛】

屦〔屨〕
骘〔騭〕
巯〔巰〕
毵〔毿〕
翚〔翬〕
骛〔騖〕
骗〔騙〕
骚〔騷〕
缂〔緙〕
缃〔緗〕
缄〔緘〕
缅〔緬〕
缆〔纜〕
缇〔緹〕
缈〔緲〕
缉〔緝〕
缊〔縕〕
缌〔緦〕
缎〔緞〕
缑〔緱〕
缓〔緩〕
缒〔縋〕
缔〔締〕
缕〔縷〕
编〔編〕
缗〔緡〕
缘〔緣〕
飨〔饗〕

13 畫

【一】

耢〔耮〕
鹉〔鵡〕
䴖〔鶄〕
韫〔韞〕
骜〔驁〕
摄〔攝〕
摅〔攄〕
摆〔擺〕
〔襬〕
赪〔赬〕
摈〔擯〕
毂〔轂〕
摊〔攤〕
鹊〔鵲〕
蓝〔藍〕
蓦〔驀〕
鹋〔鶓〕
蓟〔薊〕
蒙〔矇〕
〔濛〕
〔懞〕
颐〔頤〕
献〔獻〕
蓣〔蕷〕
榄〔欖〕
榇〔櫬〕
榈〔櫚〕
楼〔樓〕
榉〔櫸〕
赖〔賴〕
碛〔磧〕
碍〔礙〕
碜〔磣〕
鹌〔鵪〕
尴〔尷〕
殨〔殨〕
雾〔霧〕
辏〔輳〕
辐〔輻〕
辑〔輯〕
输〔輸〕

【丨】

频〔頻〕
龃〔齟〕
龄〔齡〕
龅〔齙〕
龆〔齠〕
鉴〔鑒〕
韪〔韙〕

嗫〔囁〕
跷〔蹺〕
跸〔蹕〕
跻〔躋〕
跹〔躚〕
蜗〔蝸〕
嗳〔噯〕
赗〔賵〕

【丿】

锗〔鍺〕
错〔錯〕
锘〔鍩〕
锚〔錨〕
锛〔錛〕
锝〔鍀〕
锞〔錁〕
锟〔錕〕
锡〔錫〕
锢〔錮〕
锣〔鑼〕
锤〔錘〕
锥〔錐〕

锦〔錦〕
锧〔鑕〕
锨〔鍁〕
锫〔錇〕
锭〔錠〕
键〔鍵〕
锯〔鋸〕
锰〔錳〕
锱〔錙〕
辞〔辭〕
颓〔頹〕
穇〔穇〕
筹〔籌〕
签〔簽〕
〔籤〕
简〔簡〕
觎〔覦〕
颔〔頷〕
腻〔膩〕
鹏〔鵬〕
腾〔騰〕
鲅〔鮁〕
鲆〔鮃〕

鲇〔鮎〕
鲈〔鱸〕
鲊〔鮓〕
稣〔穌〕
鲋〔鮒〕
鲫〔鯽〕
鲍〔鮑〕
鲏〔鮍〕
鲐〔鮐〕
颖〔穎〕
鸧〔鶬〕
飔〔颸〕
飕〔颼〕
触〔觸〕
雏〔雛〕
馎〔餺〕
馍〔饃〕
馏〔餾〕
馐〔饈〕

【丶】

酱〔醬〕
鹑〔鶉〕

痴〔癡〕*
瘅〔癉〕
瘆〔瘮〕
鹒〔鶊〕
韵〔韻〕*
阖〔闔〕
阗〔闐〕
阙〔闕〕
誊〔謄〕
粮〔糧〕
数〔數〕
滟〔灩〕
滠〔灄〕
满〔滿〕
滤〔濾〕
滥〔濫〕
滗〔潷〕
滦〔灤〕
漓〔灕〕
滨〔濱〕
滩〔灘〕
滪〔澦〕
慑〔懾〕

誉〔譽〕
黉〔黌〕
骞〔騫〕
寝〔寢〕
窥〔窺〕
窦〔竇〕
谨〔謹〕
谩〔謾〕
谪〔謫〕
谫〔謭〕
谬〔謬〕

【乛】

辟〔闢〕
骝〔騮〕
骗〔騙〕
嫒〔嬡〕
嫔〔嬪〕
缙〔縉〕
缜〔縝〕
缚〔縛〕
缛〔縟〕
辔〔轡〕
缝〔縫〕
缞〔縗〕
缟〔縞〕
缠〔纏〕
缡〔縭〕
缢〔縊〕
缣〔縑〕
缤〔繽〕

14 畫

【一】

瑷〔璦〕
赘〔贅〕
觏〔覯〕
韬〔韜〕
叆〔靉〕
墙〔墻〕
撄〔攖〕
蔷〔薔〕
蔑〔衊〕
蔹〔蘞〕
蔺〔藺〕
蔼〔藹〕
鹕〔鶘〕
槚〔檟〕
槛〔檻〕
槟〔檳〕
槠〔櫧〕
酽〔釅〕
酾〔釃〕
酿〔釀〕
霁〔霽〕
愿〔願〕
殡〔殯〕
辕〔轅〕
辖〔轄〕
辗〔輾〕

【丨】

龇〔齜〕
龈〔齦〕
䴗〔鶪〕
颗〔顆〕
䁖〔瞜〕
暧〔曖〕
鹖〔鶡〕
踌〔躊〕
踊〔踴〕
蜡〔蠟〕
蝈〔蟈〕
蝇〔蠅〕
蝉〔蟬〕
鹗〔鶚〕
嘤〔嚶〕
罴〔羆〕
赙〔賻〕
罂〔罌〕
赚〔賺〕
鹘〔鶻〕

【丿】

锲〔鍥〕
锴〔鍇〕
锶〔鍶〕
锷〔鍔〕
锹〔鍬〕
锸〔鍤〕
锻〔鍛〕
锼〔鎪〕

锾〔鍰〕
锵〔鏘〕
锿〔鎄〕
镀〔鍍〕
镁〔鎂〕
镂〔鏤〕
镃〔鎡〕
镄〔鐨〕
镅〔鎇〕
鹙〔鶖〕
稳〔穩〕
篑〔簣〕
篋〔篋〕
簖〔籪〕
箩〔籮〕
箪〔簞〕
箓〔籙〕
箫〔簫〕
舆〔輿〕
膑〔臏〕
鲑〔鮭〕
鲒〔鮚〕
鲔〔鮪〕
鲖〔鮦〕
鲗〔鰂〕
鲙〔鱠〕
鲚〔鱭〕
鲛〔鮫〕
鲜〔鮮〕
鲟〔鱘〕
飗〔飀〕
馑〔饉〕
馒〔饅〕

【丶】

銮〔鑾〕
瘗〔瘞〕
瘘〔瘻〕
阙〔闕〕
羞〔羞〕
鲞〔鯗〕
糁〔糝〕
鹚〔鷀〕
潇〔瀟〕
潋〔瀲〕
潍〔濰〕
赛〔賽〕
窭〔窶〕
褙〔襀〕
褛〔褸〕
谭〔譚〕
谮〔譖〕
谯〔譙〕
谰〔讕〕
谱〔譜〕
谲〔譎〕

【乛】

鹛〔鶥〕
嫱〔嬙〕
鹜〔鶩〕
骠〔驃〕
骡〔騾〕
骢〔驄〕
缥〔縹〕
缦〔縵〕
缧〔縲〕
缨〔纓〕
缩〔縮〕
缪〔繆〕
缫〔繅〕

15 畫

【一】

耧〔耬〕
璎〔瓔〕
叇〔靆〕
撵〔攆〕
撷〔擷〕
撺〔攛〕
聩〔聵〕
聪〔聰〕
觐〔覲〕
鞑〔韃〕
鞒〔鞽〕
蕲〔蘄〕
赜〔賾〕
蕴〔蘊〕
樯〔檣〕
樱〔櫻〕
飘〔飄〕
靥〔靨〕

魇〔魘〕
餍〔饜〕
霉〔黴〕
辘〔轆〕

【丨】

龉〔齬〕
龊〔齪〕
觑〔覷〕
瞒〔瞞〕
题〔題〕
颙〔顒〕
踬〔躓〕
踯〔躑〕
蝾〔蠑〕
蝼〔螻〕
噜〔嚕〕
嘱〔囑〕
颛〔顓〕

【丿】

镊〔鑷〕
镇〔鎮〕
镉〔鎘〕
镋〔钂〕
镌〔鎸〕
镍〔鎳〕
镎〔鎿〕
镏〔鎦〕
镐〔鎬〕
镑〔鎊〕
镒〔鎰〕
镓〔鎵〕
镔〔鑌〕
镐〔鎘〕
篑〔簣〕
篓〔簍〕
鹏〔鵬〕
鹡〔鶺〕
鹞〔鷂〕
鲠〔鯁〕
鲡〔鱺〕
鲢〔鰱〕
鲣〔鰹〕
鲥〔鰣〕
鲤〔鯉〕
鲦〔鰷〕
鲧〔鯀〕
鲩〔鯇〕
鲫〔鯽〕
馓〔饊〕
馔〔饌〕

【丶】

瘪〔癟〕
瘫〔癱〕
齑〔齏〕
颜〔顏〕
鹣〔鶼〕
鲨〔鯊〕
澜〔瀾〕
额〔額〕
谳〔讞〕
褴〔襤〕
谴〔譴〕
谵〔譫〕
鹤〔鶴〕

【乛】

屦〔屨〕
缬〔纈〕
缭〔繚〕
缮〔繕〕
缯〔繒〕

16 畫

【一】

耢〔耮〕
擞〔擻〕
颞〔顳〕
颟〔顢〕
薮〔藪〕
颠〔顛〕
橹〔櫓〕
橼〔櫞〕
鹥〔鷖〕
赝〔贗〕
飙〔飆〕
豮〔豶〕
錾〔鏨〕

辙〔轍〕
辚〔轔〕

【丨】

鹾〔鹺〕
螨〔蟎〕
鹦〔鸚〕
赠〔贈〕

【丿】

锗〔鍺〕
镖〔鏢〕
镗〔鏜〕
镘〔鏝〕
镚〔鏰〕
镛〔鏞〕
镜〔鏡〕
镝〔鏑〕
镞〔鏃〕
氇〔氌〕
赞〔贊〕
穑〔穡〕
篮〔籃〕
篱〔籬〕
魉〔魎〕
鲭〔鯖〕
鲮〔鯪〕
鲰〔鯫〕
鲱〔鯡〕
鲲〔鯤〕
鲳〔鯧〕
鲵〔鯢〕
鲶〔鯰〕
鲷〔鯛〕
鲸〔鯨〕
鲻〔鯔〕
獭〔獺〕

【丶】

鹧〔鷓〕
瘿〔癭〕
瘾〔癮〕
斓〔斕〕
辩〔辯〕
濑〔瀨〕
濒〔瀕〕
懒〔懶〕
黉〔黌〕
鹨〔鷚〕
颡〔顙〕
缰〔韁〕
缱〔繾〕
缲〔繰〕
缳〔繯〕
缴〔繳〕

17 畫

【一】

藓〔蘚〕
鹩〔鷯〕

【丨】

龋〔齲〕
龌〔齷〕
瞩〔矚〕
蹒〔蹣〕
蹑〔躡〕
蟏〔蠨〕
[illegible]〔囒〕
羁〔羈〕
赡〔贍〕

【丿】

镢〔钁〕
镣〔鐐〕
镤〔鏷〕
镥〔鑥〕
镦〔鐓〕
镧〔鑭〕
𫓹〔鐥〕
镨〔鐠〕
镩〔鑹〕
镪〔鏹〕
镫〔鐙〕
簖〔籪〕
鹪〔鷦〕
䲠〔鰆〕
鲽〔鰈〕
鲙〔鱠〕
鳃〔鰓〕
鳁〔鰛〕
鳄〔鰐〕

鳅〔鰍〕
鳆〔鰒〕
鳇〔鰉〕
鳍〔鰭〕
鳊〔鯿〕
鹫〔鷲〕

【丶】

辫〔辮〕
赢〔贏〕
懑〔懣〕

【乛】

鹬〔鷸〕
骤〔驟〕

18 畫

【一】

鳌〔鰲〕
鞯〔韉〕
黡〔黶〕

【丨】

歔〔歔〕
颢〔顥〕
鹭〔鷺〕
嚣〔囂〕
髅〔髏〕

【丿】

镬〔鑊〕
镭〔鐳〕
镮〔鐶〕
镯〔鐲〕
镰〔鐮〕
镱〔鐿〕
雠〔讎〕
騰〔騰〕
鳍〔鰭〕
鳎〔鰨〕
鳏〔鰥〕
鳑〔鰟〕
鳒〔鰜〕

【丶】

鹯〔鸇〕
鹰〔鷹〕
癞〔癩〕
冁〔囅〕
䜩〔讌〕

【乛】

䴙〔鸊〕

19 畫

【一】

攒〔攢〕
霭〔靄〕

【丨】

鳖〔鱉〕
蹿〔躥〕
巅〔巔〕
髋〔髖〕
髌〔髕〕

【丿】

镲〔鑔〕
籁〔籟〕
鳘〔鰵〕
鳓〔鰳〕
鳔〔鰾〕
鳕〔鱈〕
鳗〔鰻〕
鳙〔鱅〕
鳛〔鰼〕

【丶】

颤〔顫〕
癣〔癬〕
谶〔讖〕

【乛】

骥〔驥〕
缵〔纘〕

20 畫

【一】

瓒〔瓚〕
鬓〔鬢〕
颥〔顬〕

【丨】

鼍〔鼉〕
黩〔黷〕

【丿】

镳〔鑣〕
镴〔鑞〕
臜〔臢〕
鳜〔鱖〕
鳝〔鱔〕
鳞〔鱗〕
鳟〔鱒〕

【乛】

骧〔驤〕

21 畫

【丨】

颦〔顰〕
躏〔躪〕

【丿】

鳢〔鱧〕
鳣〔鱣〕

【丶】

癫〔癲〕
赣〔贛〕
灏〔灝〕

22 畫

鹳〔鸛〕
镶〔鑲〕

23 畫

趱〔趲〕
颧〔顴〕
躜〔躦〕

25 畫

䦆〔钁〕
馕〔饢〕
戆〔戇〕

---

* 這些字是從《第一批異體字整理表》摘錄出來的，習慣上被看作簡化字的異體字。

2. 從繁體字查簡化字

6 畫

〔兇〕凶*

7 画

〔車〕车
〔夾〕夹
〔貝〕贝
〔見〕见
〔壯〕壮
〔妝〕妆
〔牠〕它*
〔佈〕布*
〔佔〕占*
〔災〕灾*

8 畫

【一】

〔長〕长
〔亞〕亚
〔軋〕轧
〔東〕东
〔兩〕两
〔協〕协
〔來〕来
〔戔〕戋

【丨】

〔門〕门
〔昇〕升*
〔牀〕床*
〔岡〕冈

【丿】

〔侖〕仑
〔兒〕儿

【乛】

〔狀〕状
〔糾〕纠

9 畫

【一】

〔剋〕克
〔軌〕轨
〔庫〕库
〔頁〕页
〔郟〕郏
〔剄〕刭
〔勁〕劲

【丨】

〔貞〕贞
〔則〕则
〔閂〕闩
〔迴〕回

【丿】

〔俠〕侠
〔係〕系
〔帥〕帅
〔後〕后
〔釓〕钆
〔釔〕钇
〔負〕负
〔風〕风

【丶】

〔訂〕订
〔計〕计
〔訃〕讣
〔軍〕军
〔祇〕只

【乛】

〔陣〕阵
〔韋〕韦
〔陝〕陕
〔陘〕陉
〔陞〕升*
〔飛〕飞
〔紆〕纡
〔紅〕红
〔紂〕纣
〔紈〕纨
〔級〕级
〔約〕约
〔紇〕纥
〔紀〕纪
〔紉〕纫

10 畫

【一】

〔馬〕马
〔挾〕挟
〔貢〕贡
〔紮〕扎*
〔華〕华
〔莢〕荚
〔莖〕茎
〔莧〕苋
〔莊〕庄
〔軒〕轩
〔連〕连
〔軔〕轫
〔剗〕刬

【丨】

〔鬥〕斗
〔時〕时
〔畢〕毕
〔財〕财
〔覎〕觃
〔閃〕闪
〔唄〕呗
〔員〕员
〔豈〕岂
〔峽〕峡
〔峴〕岘
〔剛〕刚
〔剮〕剐

【丿】

〔氣〕气
〔郵〕邮
〔倀〕伥
〔倆〕俩
〔們〕们
〔個〕个
〔倫〕伦
〔隻〕只
〔島〕岛
〔烏〕乌
〔師〕师
〔徑〕径
〔釘〕钉
〔針〕针
〔釗〕钊
〔釙〕钋
〔釕〕钌
〔殺〕杀
〔倉〕仓
〔脈〕脉*
〔飢〕饥
〔脅〕胁
〔狹〕狭
〔狽〕狈
〔芻〕刍

【丶】

〔訐〕讦
〔訌〕讧
〔討〕讨
〔訕〕讪
〔訖〕讫
〔訓〕训
〔這〕这
〔訊〕讯
〔記〕记
〔凍〕冻
〔畝〕亩
〔庫〕库
〔浹〕浃
〔涇〕泾

【乛】

〔書〕书
〔陸〕陆
〔陳〕陈
〔孫〕孙
〔陰〕阴
〔務〕务
〔紜〕纭
〔純〕纯
〔紕〕纰
〔紗〕纱
〔納〕纳
〔紝〕纴
〔紛〕纷
〔紙〕纸
〔紋〕纹
〔紡〕纺
〔紖〕纼
〔紐〕纽
〔紓〕纾

11 畫

【一】

〔責〕责
〔現〕现
〔甌〕瓯
〔規〕规
〔殼〕壳
〔埡〕垭
〔掛〕挂
〔掗〕挜
〔捨〕舍
〔捫〕扪
〔掆〕㧏
〔堝〕埚
〔頂〕顶
〔掄〕抡
〔執〕执
〔捲〕卷
〔掃〕扫
〔堊〕垩
〔萊〕莱
〔萵〕莴
〔劄〕札*
〔乾〕干
〔梘〕枧
〔紮〕扎*
〔軛〕轭
〔斬〕斩
〔軟〕软
〔專〕专
〔區〕区
〔堅〕坚
〔脣〕唇*
〔帶〕带
〔厠〕厕
〔硃〕朱
〔麥〕麦
〔頃〕顷

【丨】

〔鹵〕卤
〔處〕处
〔敗〕败
〔販〕贩
〔貶〕贬
〔啞〕哑
〔閉〕闭
〔問〕问
〔婁〕娄
〔啢〕唡
〔異〕异*
〔國〕国
〔喎〕㖞
〔帳〕帐
〔崬〕岽
〔崍〕崃
〔崑〕昆*
〔崐〕昆*
〔崗〕岗
〔圇〕囵
〔過〕过

【丿】

〔氫〕氢
〔動〕动
〔偵〕侦
〔側〕侧
〔貨〕货

〔進〕进
〔梟〕枭
〔鳥〕鸟
〔偉〕伟
〔徠〕徕
〔術〕术
〔從〕从
〔釷〕钍
〔釬〕钎
〔釧〕钏
〔釤〕钐
〔釣〕钓
〔釩〕钒
〔欽〕钦
〔釵〕钗
〔貪〕贪
〔覓〕觅
〔飥〕饦
〔貧〕贫
〔脛〕胫
〔週〕周＊
〔魚〕鱼

【丶】

〔詎〕讵
〔訝〕讶
〔訥〕讷
〔許〕许
〔訛〕讹
〔訢〕䜣
〔訩〕讻
〔訟〕讼
〔設〕设
〔訪〕访
〔訣〕诀
〔産〕产
〔牽〕牵
〔烴〕烃
〔淶〕涞
〔淺〕浅
〔渦〕涡
〔淪〕沦
〔淚〕泪＊
〔悵〕怅
〔鄆〕郓
〔啓〕启
〔視〕视

【乛】

〔將〕将
〔晝〕昼
〔張〕张
〔階〕阶
〔陽〕阳
〔隊〕队
〔婭〕娅
〔媧〕娲
〔婦〕妇
〔習〕习
〔參〕参
〔紺〕绀
〔紲〕绁
〔紱〕绂
〔組〕组
〔紳〕绅
〔紬〕䌷
〔細〕细
〔終〕终
〔絆〕绊
〔紼〕绋
〔絀〕绌
〔紹〕绍
〔紿〕绐
〔貫〕贯
〔鄉〕乡

12 畫

【一】

〔貳〕贰
〔預〕预
〔堯〕尧
〔揀〕拣
〔馭〕驭
〔項〕项
〔賁〕贲
〔場〕场
〔揚〕扬
〔塊〕块
〔達〕达
〔報〕报
〔揮〕挥

〔壺〕壶
〔惡〕恶
〔葉〕叶
〔貰〕贳
〔萬〕万
〔葷〕荤
〔喪〕丧
〔葦〕苇
〔葒〕荭
〔葤〕荮
〔棖〕枨
〔棟〕栋
〔棲〕栖 *
〔棧〕栈
〔棡〕㭎
〔極〕极
〔軲〕轱
〔軻〕轲
〔軸〕轴
〔軼〕轶
〔軤〕轷
〔軫〕轸
〔軺〕轺

〔畫〕画
〔腎〕肾
〔棗〕枣
〔硨〕砗
〔硤〕硖
〔硯〕砚
〔殘〕残
〔雲〕云

【丨】

〔覘〕觇
〔睏〕困
〔貼〕贴
〔貺〕贶
〔貯〕贮
〔貽〕贻
〔閏〕闰
〔開〕开
〔閑〕闲
〔間〕间
〔閔〕闵
〔悶〕闷
〔貴〕贵

〔鄖〕郧
〔勛〕勋
〔單〕单
〔喲〕哟
〔買〕买
〔剴〕剀
〔凱〕凯
〔幀〕帧
〔嵐〕岚
〔幃〕帏
〔圍〕围

【丿】

〔無〕无
〔氫〕氢
〔喬〕乔
〔筍〕笋 *
〔筆〕笔
〔備〕备
〔貸〕贷
〔順〕顺
〔傖〕伧
〔傑〕杰 *

〔傷〕㑇
〔傢〕家
〔鄔〕邬
〔衆〕众
〔復〕复
〔須〕须
〔鈃〕钘
〔鈣〕钙
〔鈈〕钚
〔鈦〕钛
〔鉅〕巨 *
〔鈣〕钘
〔鈍〕钝
〔鈔〕钞
〔鈉〕钠
〔鈐〕钤
〔欽〕钦
〔鈞〕钧
〔鈎〕钩
〔鈧〕钪
〔鈁〕钫
〔鈥〕钬
〔鈄〕钭

〔鈕〕钮
〔鈀〕钯
〔傘〕伞
〔爺〕爷
〔創〕创
〔飩〕饨
〔飪〕饪
〔飫〕饫
〔飭〕饬
〔飯〕饭
〔飲〕饮
〔爲〕为
〔脹〕胀
〔腖〕胨
〔腡〕脶
〔勝〕胜
〔猶〕犹
〔貿〕贸
〔鄒〕邹

【丶】

〔詁〕诂
〔訶〕诃
〔評〕评
〔詛〕诅
〔詗〕诇
〔詐〕诈
〔訴〕诉
〔診〕诊
〔詆〕诋
〔註〕注*
〔詞〕词
〔詘〕诎
〔詔〕诏
〔詒〕诒
〔馮〕冯
〔痙〕痉
〔勞〕劳
〔湞〕浈
〔測〕测
〔湯〕汤
〔淵〕渊
〔渢〕沨
〔渾〕浑
〔湧〕涌*
〔愜〕惬
〔惻〕恻
〔惲〕恽
〔惱〕恼
〔運〕运
〔補〕补
〔禍〕祸

【乛】

〔尋〕寻
〔費〕费
〔違〕违
〔韌〕韧
〔隕〕陨
〔賀〕贺
〔發〕发
〔綁〕绑
〔絨〕绒
〔結〕结
〔絝〕绔
〔經〕经
〔絎〕绗
〔給〕给
〔絢〕绚
〔絳〕绛
〔絡〕络
〔絞〕绞
〔統〕统
〔絕〕绝
〔絲〕丝
〔幾〕几

13 畫

【一】

〔項〕项
〔琿〕珲
〔瑋〕玮
〔頑〕顽
〔載〕载
〔馱〕驮
〔馴〕驯
〔馳〕驰
〔塒〕埘
〔塤〕埙
〔損〕损
〔遠〕远
〔塏〕垲

〔勢〕势
〔搶〕抢
〔搗〕捣
〔塢〕坞
〔壺〕壶
〔聖〕圣
〔蓋〕盖
〔蓮〕莲
〔蒔〕莳
〔蓽〕荜
〔夢〕梦
〔蒼〕苍
〔蓆〕席*
〔幹〕干
〔蓀〕荪
〔蔭〕荫
〔蒓〕莼
〔楨〕桢
〔楊〕杨
〔嗇〕啬
〔楓〕枫
〔軾〕轼
〔輊〕轾
〔輅〕辂
〔較〕较
〔竪〕竖
〔賈〕贾
〔匯〕汇
〔電〕电
〔頓〕顿
〔盞〕盏

【丨】

〔歲〕岁
〔虜〕虏
〔業〕业
〔當〕当
〔睞〕睐
〔賊〕贼
〔賄〕贿
〔賂〕赂
〔賅〕赅
〔嗎〕吗
〔嘩〕哗
〔嗊〕唝
〔暘〕旸
〔閘〕闸
〔黽〕黾
〔暈〕晕
〔號〕号
〔園〕园
〔跡〕迹*
〔蛺〕蛱
〔蜆〕蚬
〔農〕农
〔嗩〕唢
〔嗶〕哔
〔鳴〕鸣
〔嗆〕呛
〔圓〕圆
〔骯〕肮

【丿】

〔筧〕笕
〔節〕节
〔與〕与
〔債〕债
〔僅〕仅
〔傳〕传
〔傴〕伛
〔傾〕倾
〔僂〕偻
〔賃〕赁
〔傷〕伤
〔傭〕佣
〔裊〕袅
〔鳧〕凫
〔頎〕颀
〔鈺〕钰
〔鉦〕钲
〔鉗〕钳
〔鈷〕钴
〔鉢〕钵
〔鉅〕钜
〔鈳〕钶
〔鈸〕钹
〔鉞〕钺
〔鉬〕钼
〔鉭〕钽
〔鉀〕钾
〔鈾〕铀
〔鈿〕钿

〔鉑〕铂
〔鈴〕铃
〔鉛〕铅
〔鉚〕铆
〔鈰〕铈
〔鉉〕铉
〔鉈〕铊
〔鉍〕铋
〔鈮〕铌
〔鈹〕铍
〔僉〕佥
〔會〕会
〔亂〕乱
〔愛〕爱
〔飾〕饰
〔飽〕饱
〔飼〕饲
〔飿〕饳
〔飴〕饴
〔頒〕颁
〔頌〕颂
〔腸〕肠
〔腫〕肿
〔腦〕脑
〔魛〕鱽
〔獁〕犸
〔鳩〕鸠
〔獅〕狮
〔猻〕狲

【丶】

〔誆〕诓
〔誄〕诔
〔試〕试
〔詿〕诖
〔詩〕诗
〔詰〕诘
〔誇〕夸
〔詼〕诙
〔誠〕诚
〔誅〕诛
〔話〕话
〔誕〕诞
〔詬〕诟
〔詮〕诠
〔詭〕诡
〔詢〕询
〔詣〕诣
〔諍〕诤
〔該〕该
〔詳〕详
〔詫〕诧
〔詡〕诩
〔裏〕里
〔準〕准
〔頏〕颃
〔資〕资
〔棄〕弃*
〔羥〕羟
〔義〕义
〔煉〕炼
〔煩〕烦
〔煬〕炀
〔塋〕茔
〔煢〕茕
〔煒〕炜
〔遞〕递
〔溝〕沟
〔漣〕涟
〔滅〕灭
〔溳〕涢
〔滌〕涤
〔溮〕浉
〔塗〕涂
〔滄〕沧
〔愷〕恺
〔愾〕忾
〔愴〕怆
〔㤽〕㤘
〔窩〕窝
〔禎〕祯
〔禕〕祎

【乛】

〔肅〕肃
〔裝〕装
〔遜〕逊
〔際〕际
〔媽〕妈
〔預〕预
〔綆〕绠
〔經〕经

〔綑〕捆 *
〔絹〕绢
〔綉〕绣
〔綏〕绥
〔綈〕绨
〔彙〕汇

14 畫

【一】

〔瑪〕玛
〔璉〕琏
〔瑣〕琐
〔瑲〕玱
〔駁〕驳
〔摶〕抟
〔摳〕抠
〔趙〕赵
〔趕〕赶
〔摟〕搂
〔摑〕掴
〔臺〕台
〔撾〕挝
〔墊〕垫
〔壽〕寿
〔摺〕折
〔摻〕掺
〔摜〕掼
〔勩〕勚
〔蔞〕蒌
〔蔦〕茑
〔蓯〕苁
〔蔔〕卜
〔蔴〕麻 *
〔蔣〕蒋
〔薌〕芗
〔構〕构
〔樺〕桦
〔榿〕桤
〔覡〕觋
〔槍〕枪
〔輒〕辄
〔輔〕辅
〔輕〕轻
〔塹〕堑
〔匱〕匮
〔監〕监
〔緊〕紧
〔厲〕厉
〔厭〕厌
〔碩〕硕
〔碭〕砀
〔碸〕砜
〔奩〕奁
〔爾〕尔
〔奪〕夺
〔殞〕殒
〔鳶〕鸢
〔巰〕巯

【丨】

〔對〕对
〔幣〕币
〔彆〕别
〔嘗〕尝
〔嘖〕啧
〔曄〕晔
〔夥〕伙
〔賑〕赈
〔賒〕赊
〔嘆〕叹
〔暢〕畅
〔嘜〕唛
〔閨〕闺
〔聞〕闻
〔閧〕哄 *
〔閩〕闽
〔閭〕闾
〔閥〕阀
〔閤〕合
〔閣〕阁
〔閘〕闸
〔閡〕阂
〔嘔〕呕
〔蝸〕蜗
〔團〕团
〔嘍〕喽
〔鄲〕郸
〔鳴〕鸣
〔幘〕帻
〔嶄〕崭
〔嶇〕岖
〔獃〕呆 *

〔罸〕罚
〔幗〕帼
〔圖〕图

【丿】

〔製〕制
〔稭〕秸*
〔種〕种
〔稱〕称
〔箋〕笺
〔劄〕札*
〔僥〕侥
〔僨〕偾
〔僕〕仆
〔僑〕侨
〔僞〕伪
〔僱〕雇*
〔銜〕衔
〔鍘〕铡
〔銬〕铐
〔銠〕铑
〔鉺〕铒
〔銈〕铓

〔銪〕铕
〔鋁〕铝
〔銅〕铜
〔鍋〕锅
〔銦〕铟
〔銖〕铢
〔銑〕铣
〔銛〕铦
〔鋌〕铤
〔銓〕铨
〔鉿〕铪
〔銚〕铫
〔銘〕铭
〔鉻〕铬
〔錚〕铮
〔銫〕铯
〔鉸〕铰
〔銥〕铱
〔銃〕铳
〔銨〕铵
〔銀〕银
〔鉫〕铷
〔戧〕戗

〔餌〕饵
〔蝕〕蚀
〔餉〕饷
〔餄〕饸
〔餎〕饹
〔餃〕饺
〔餏〕饻
〔餅〕饼
〔領〕领
〔鳳〕凤
〔颱〕台
〔獄〕狱

【丶】

〔誡〕诫
〔誣〕诬
〔語〕语
〔誚〕诮
〔誤〕误
〔誥〕诰
〔誘〕诱
〔誨〕诲
〔誑〕诳

〔說〕说
〔認〕认
〔誦〕诵
〔誒〕诶
〔廣〕广
〔麼〕么
〔廎〕庼
〔瘧〕疟
〔瘍〕疡
〔瘋〕疯
〔塵〕尘
〔颯〕飒
〔適〕适
〔齊〕齐
〔養〕养
〔鄰〕邻
〔鄭〕郑
〔燁〕烨
〔熗〕炝
〔榮〕荣
〔滎〕荥
〔犖〕荦
〔熒〕荧

〔漬〕渍
〔漢〕汉
〔滿〕满
〔漸〕渐
〔漚〕沤
〔滯〕滞
〔滷〕卤
〔漊〕溇
〔漁〕渔
〔滸〕浒
〔滻〕浐
〔滬〕沪
〔漲〕涨
〔滲〕渗
〔慚〕惭
〔慪〕怄
〔慳〕悭
〔慟〕恸
〔慘〕惨
〔慣〕惯
〔寬〕宽
〔賓〕宾
〔窪〕洼
〔寧〕宁
〔寢〕寝
〔實〕实
〔皸〕皲
〔複〕复

【乛】

〔劃〕划
〔盡〕尽
〔屢〕屡
〔獎〕奖
〔墮〕堕
〔隨〕随
〔韍〕韨
〔墜〕坠
〔嫗〕妪
〔頗〕颇
〔態〕态
〔鄧〕邓
〔緒〕绪
〔綾〕绫
〔綺〕绮
〔綫〕线
〔緋〕绯
〔綽〕绰
〔緄〕绲
〔綱〕纲
〔網〕网
〔維〕维
〔綿〕绵
〔綸〕纶
〔綬〕绶
〔綳〕绷
〔綢〕绸
〔綹〕绺
〔綣〕绻
〔綜〕综
〔綻〕绽
〔綰〕绾
〔綠〕绿
〔綴〕缀
〔緇〕缁

15 畫

【一】

〔鬧〕闹
〔璡〕琎
〔靚〕靓
〔輦〕辇
〔髮〕发
〔撓〕挠
〔墳〕坟
〔撻〕挞
〔駔〕驵
〔駛〕驶
〔駟〕驷
〔駙〕驸
〔駒〕驹
〔駐〕驻
〔駝〕驼
〔駘〕骀
〔撲〕扑
〔頡〕颉
〔撣〕掸
〔賣〕卖
〔撫〕抚
〔撟〕挢
〔撳〕揿
〔熱〕热

〔鞏〕巩
〔摯〕挚
〔穀〕谷
〔慤〕悫
〔撏〕挦
〔撥〕拨
〔蕘〕荛
〔蕆〕蒇
〔蕓〕芸
〔邁〕迈
〔蕢〕蒉
〔蕒〕荬
〔蕪〕芜
〔蕎〕荞
〔蕕〕莸
〔蕩〕荡
〔蕁〕荨
〔樁〕桩
〔樞〕枢
〔標〕标
〔樓〕楼
〔樅〕枞
〔麩〕麸
〔賫〕赍
〔樣〕样
〔橢〕椭
〔輛〕辆
〔輥〕辊
〔輞〕辋
〔槧〕椠
〔暫〕暂
〔輪〕轮
〔輟〕辍
〔輜〕辎
〔甌〕瓯
〔歐〕欧
〔毆〕殴
〔賢〕贤
〔遷〕迁
〔鴇〕鸨
〔憂〕忧
〔碼〕码
〔磑〕硙
〔確〕确
〔賚〕赉
〔遼〕辽
〔殤〕殇
〔鴉〕鸦

【丨】

〔輩〕辈
〔劌〕刿
〔齒〕齿
〔劇〕剧
〔膚〕肤
〔慮〕虑
〔鄴〕邺
〔輝〕辉
〔賞〕赏
〔賦〕赋
〔䞍〕𧹗
〔賬〕账
〔賭〕赌
〔賤〕贱
〔賜〕赐
〔賙〕赒
〔賠〕赔
〔賧〕赕
〔曉〕晓
〔噴〕喷
〔噠〕哒
〔噁〕恶
〔闠〕阓
〔閫〕阃
〔閱〕阅
〔閬〕阆
〔數〕数
〔踐〕践
〔遺〕遗
〔蝦〕虾
〔嘸〕呒
〔嘮〕唠
〔噝〕咝
〔嘰〕叽
〔嶢〕峣
〔罷〕罢
〔嶠〕峤
〔嶔〕嵚
〔幟〕帜
〔嶗〕崂

【丿】

〔頲〕颋
〔篋〕箧
〔範〕范
〔價〕价
〔儂〕侬
〔儉〕俭
〔儈〕侩
〔億〕亿
〔儀〕仪
〔皚〕皑
〔樂〕乐
〔質〕质
〔徵〕征
〔衝〕冲
〔慫〕怂
〔徹〕彻
〔衛〕卫
〔盤〕盘
〔鋪〕铺
〔鋏〕铗
〔鉽〕铽
〔銷〕销
〔鋥〕锃
〔鋰〕锂
〔鋇〕钡
〔鋤〕锄
〔鋯〕锆
〔鋨〕锇
〔銹〕锈
〔銼〕锉
〔鋒〕锋
〔鋅〕锌
〔鋭〕锐
〔銻〕锑
〔鋃〕锒
〔鋟〕锓
〔鋼〕锎
〔鍋〕锔
〔頜〕颌
〔劍〕剑
〔劊〕刽
〔鄶〕郐
〔貓〕猫 *
〔餑〕饽
〔餓〕饿
〔餘〕余
〔餒〕馁
〔膞〕䏝
〔膕〕腘
〔膠〕胶
〔鴇〕鸨
〔魷〕鱿
〔魯〕鲁
〔魴〕鲂
〔潁〕颍
〔颳〕刮
〔劉〕刘
〔皺〕皱

【丶】

〔請〕请
〔諸〕诸
〔諏〕诹
〔諾〕诺
〔諑〕诼
〔誹〕诽
〔課〕课
〔諉〕诿
〔諛〕谀
〔誰〕谁
〔論〕论
〔諗〕谂
〔調〕调
〔諂〕谄
〔諒〕谅
〔諄〕谆
〔誶〕谇
〔談〕谈
〔誼〕谊
〔廟〕庙
〔廠〕厂
〔廡〕庑
〔瘞〕瘗
〔瘡〕疮
〔賡〕赓
〔慶〕庆
〔廢〕废
〔敵〕敌
〔頦〕颏
〔導〕导

〔瑩〕莹
〔潔〕洁
〔澆〕浇
〔澾〕汰
〔潤〕润
〔澗〕涧
〔潰〕溃
〔潿〕涠
〔潷〕滗
〔潙〕沩
〔澇〕涝
〔潯〕浔
〔潑〕泼
〔憤〕愤
〔憫〕悯
〔憒〕愦
〔憚〕惮
〔憮〕怃
〔憐〕怜
〔寫〕写
〔審〕审
〔窮〕穷
〔褳〕裢
〔褲〕裤
〔鴆〕鸩

【乛】

〔遲〕迟
〔層〕层
〔彈〕弹
〔選〕选
〔槳〕桨
〔漿〕浆
〔險〕险
〔嬈〕娆
〔嫻〕娴
〔駕〕驾
〔嬋〕婵
〔嫵〕妩
〔嬌〕娇
〔嬀〕妫
〔嫿〕婳
〔駑〕驽
〔翬〕翚
〔毿〕毵
〔緙〕缂
〔緗〕缃
〔練〕练
〔緘〕缄
〔緬〕缅
〔緹〕缇
〔緲〕缈
〔緝〕缉
〔緼〕缊
〔緦〕缌
〔緞〕缎
〔緱〕缑
〔縋〕缒
〔緩〕缓
〔締〕缔
〔編〕编
〔緡〕缗
〔緯〕纬
〔緣〕缘

16 畫

【一】

〔璣〕玑
〔墻〕墙
〔駱〕骆
〔駭〕骇
〔駢〕骈
〔擓〕㧟
〔擄〕掳
〔擋〕挡
〔擇〕择
〔赬〕赪
〔撿〕捡
〔擔〕担
〔壇〕坛
〔擁〕拥
〔據〕据
〔薔〕蔷
〔薑〕姜
〔薈〕荟
〔薊〕蓟
〔薦〕荐
〔蕭〕萧
〔頤〕颐
〔鴣〕鸪
〔薩〕萨
〔蕷〕蓣

〔橈〕桡
〔樹〕树
〔樸〕朴
〔橋〕桥
〔機〕机
〔輳〕辏
〔輻〕辐
〔輯〕辑
〔輸〕输
〔賴〕赖
〔頭〕头
〔醞〕酝
〔醜〕丑
〔勵〕励
〔磧〕碛
〔磚〕砖
〔磣〕碜
〔歷〕历
〔曆〕历
〔奮〕奋
〔頰〕颊
〔殨〕㱮
〔殫〕殚
〔頸〕颈

【丨】

〔鬨〕哄*
〔頻〕频
〔盧〕卢
〔曉〕晓
〔瞞〕瞒
〔縣〕县
〔瞘〕眍
〔瞜〕䁖
〔賵〕赗
〔鴨〕鸭
〔閾〕阈
〔閹〕阉
〔閶〕阊
〔閿〕阌
〔閽〕阍
〔閻〕阎
〔閼〕阏
〔曇〕昙
〔噸〕吨
〔鴞〕鸮
〔噦〕哕
〔踴〕踊
〔螞〕蚂
〔螄〕蛳
〔噹〕当
〔罵〕骂
〔噥〕哝
〔戰〕战
〔噲〕哙
〔鴦〕鸯
〔噯〕嗳
〔嘯〕啸
〔還〕还
〔嶧〕峄
〔嶼〕屿

【丿】

〔積〕积
〔穎〕颖
〔穇〕䅟
〔篤〕笃
〔築〕筑
〔篳〕筚
〔篩〕筛
〔舉〕举
〔興〕兴
〔嶨〕峃
〔學〕学
〔儔〕俦
〔憊〕惫
〔儕〕侪
〔儐〕傧
〔儘〕尽
〔鴕〕鸵
〔艙〕舱
〔錶〕表
〔鍺〕锗
〔錯〕错
〔鍩〕锘
〔錨〕锚
〔錛〕锛
〔錸〕铼
〔錢〕钱
〔鍀〕锝
〔錁〕锞
〔錕〕锟

〔鍆〕钔
〔錫〕锡
〔錮〕锢
〔鋼〕钢
〔鍋〕锅
〔錘〕锤
〔錐〕锥
〔錦〕锦
〔鍁〕锨
〔錇〕锫
〔錠〕锭
〔鍵〕键
〔錄〕录
〔鋸〕锯
〔錳〕锰
〔錙〕锱
〔覦〕觎
〔墾〕垦
〔餞〕饯
〔餜〕馃
〔餛〕馄
〔餡〕馅
〔館〕馆
〔頷〕颔
〔鴒〕鸰
〔膩〕腻
〔鴟〕鸱
〔鮁〕鲅
〔鮃〕鲆
〔鮎〕鲇
〔鮓〕鲊
〔穌〕稣
〔鮒〕鲋
〔鮣〕鲫
〔鮑〕鲍
〔鮍〕鲏
〔鮐〕鲐
〔鴝〕鸲
〔獲〕获
〔穎〕颖
〔獨〕独
〔獫〕猃
〔獪〕狯
〔鴛〕鸳

【丶】

〔謀〕谋
〔諶〕谌
〔諜〕谍
〔謊〕谎
〔諫〕谏
〔諧〕谐
〔謔〕谑
〔謁〕谒
〔謂〕谓
〔諤〕谔
〔諭〕谕
〔諼〕谖
〔諷〕讽
〔諮〕谘
〔諳〕谙
〔諺〕谚
〔諦〕谛
〔謎〕谜
〔諢〕诨
〔諞〕谝
〔諱〕讳
〔諝〕谞
〔憑〕凭
〔鄺〕邝
〔瘻〕瘘
〔瘮〕瘆
〔親〕亲
〔辦〕办
〔龍〕龙
〔劑〕剂
〔燒〕烧
〔燜〕焖
〔熾〕炽
〔螢〕萤
〔營〕营
〔縈〕萦
〔燈〕灯
〔濛〕蒙
〔燙〕烫
〔澠〕渑
〔濃〕浓
〔澤〕泽
〔濁〕浊
〔澮〕浍

〔澱〕淀
〔灝〕灏
〔懞〕蒙
〔懌〕怿
〔憶〕忆
〔憲〕宪
〔窺〕窥
〔窶〕窭
〔窵〕窎
〔褸〕褛
〔禪〕禅

【乛】

〔隱〕隐
〔嬙〕嫱
〔嬡〕嫒
〔縉〕缙
〔縝〕缜
〔縛〕缚
〔縟〕缛
〔緻〕致
〔絛〕绦
〔縫〕缝
〔縐〕绉
〔縗〕缞
〔縞〕缟
〔縭〕缡
〔縑〕缣
〔縊〕缢

17 畫

【一】

〔耬〕耧
〔環〕环
〔贅〕赘
〔璦〕瑷
〔覯〕觏
〔黿〕鼋
〔幫〕帮
〔騁〕骋
〔駸〕骎
〔騃〕呆*
〔駿〕骏
〔趨〕趋
〔擱〕搁
〔擬〕拟
〔擴〕扩
〔壙〕圹
〔擠〕挤
〔蟄〕蛰
〔縶〕絷
〔擲〕掷
〔擯〕摈
〔擰〕拧
〔轂〕毂
〔聲〕声
〔藉〕借
〔聰〕聪
〔聯〕联
〔艱〕艰
〔藍〕蓝
〔舊〕旧
〔薺〕荠
〔藎〕荩
〔韓〕韩
〔隸〕隶
〔檉〕柽
〔檣〕樯
〔櫃〕柜
〔檔〕档
〔櫛〕栉
〔檢〕检
〔檜〕桧
〔麴〕曲
〔轅〕辕
〔轄〕辖
〔輾〕辗
〔擊〕击
〔臨〕临
〔磽〕硗
〔壓〕压
〔礄〕硚
〔磯〕矶
〔鴯〕鸸
〔邇〕迩
〔尷〕尴
〔鴷〕䴕
〔殮〕殓

【丨】

〔齔〕龀
〔戲〕戏

〔虧〕亏
〔斃〕毙
〔瞭〕了
〔顆〕颗
〔購〕购
〔賻〕赙
〔嬰〕婴
〔賺〕赚
〔嚇〕吓
〔闌〕阑
〔闃〕阒
〔闆〕板
〔闊〕阔
〔闈〕闱
〔闋〕阕
〔曖〕暧
〔蹕〕跸
〔蹌〕跄
〔蟎〕螨
〔螻〕蝼
〔蟈〕蝈
〔雖〕虽
〔嚀〕咛
〔覬〕觊
〔嶺〕岭
〔嶸〕嵘
〔獄〕岳 *
〔點〕点

【丿】

〔矯〕矫
〔鴰〕鸹
〔簀〕箦
〔簍〕篓
〔輿〕舆
〔歟〕欤
〔鵂〕鸺
〔龜〕龟
〔優〕优
〔償〕偿
〔儲〕储
〔魎〕魉
〔鴴〕鸻
〔禦〕御
〔聳〕耸
〔鵃〕鸼
〔鍥〕锲
〔鍇〕锴
〔鍘〕铡
〔錫〕钖
〔鍶〕锶
〔鍔〕锷
〔鍤〕锸
〔鍾〕钟
〔鍛〕锻
〔鎪〕锼
〔鍬〕锹
〔鍰〕锾
〔鍄〕锿
〔鍍〕镀
〔鎂〕镁
〔鎡〕镃
〔鎇〕镅
〔懇〕恳
〔餷〕馇
〔餳〕饧
〔餶〕馉
〔餿〕馊
〔斂〕敛
〔鴿〕鸽
〔朧〕胧
〔臉〕脸
〔膾〕脍
〔膽〕胆
〔謄〕誊
〔鮭〕鲑
〔鮚〕鲒
〔鮪〕鲔
〔鮦〕鲖
〔鮫〕鲛
〔鮮〕鲜
〔颶〕飓
〔獷〕犷
〔獰〕狞

【丶】

〔講〕讲
〔謨〕谟
〔謖〕谡
〔謝〕谢
〔謠〕谣
〔謅〕诌

〔謗〕谤
〔謚〕谥
〔謙〕谦
〔謐〕谧
〔褻〕亵
〔氈〕毡
〔應〕应
〔癘〕疠
〔療〕疗
〔癇〕痫
〔癉〕瘅
〔癆〕痨
〔鵁〕䴔
〔齋〕斋
〔鮝〕鲝
〔鯗〕鲞
〔糞〕粪
〔糝〕糁
〔燦〕灿
〔燭〕烛
〔燴〕烩
〔鴻〕鸿
〔濤〕涛
〔濫〕滥
〔濕〕湿
〔濟〕济
〔濱〕滨
〔濘〕泞
〔濜〕浕
〔澀〕涩
〔濰〕潍
〔懨〕恹
〔賽〕赛
〔襇〕裥
〔襀〕𫌀
〔襖〕袄
〔禮〕礼

【乛】

〔屨〕屦
〔彌〕弥
〔嬪〕嫔
〔績〕绩
〔縹〕缥
〔縷〕缕
〔縵〕缦
〔縲〕缧
〔總〕总
〔縱〕纵
〔縴〕纤
〔縮〕缩
〔繆〕缪
〔繅〕缫
〔嚮〕向

18 畫

【一】

〔耮〕耢
〔鬩〕阋
〔瓊〕琼
〔釐〕厘*
〔攆〕撵
〔鬆〕松
〔翹〕翘
〔擷〕撷
〔擾〕扰
〔騏〕骐
〔騎〕骑
〔騍〕骒
〔騅〕骓
〔攄〕摅
〔擻〕擞
〔鼕〕冬
〔擺〕摆
〔贄〕贽
〔燾〕焘
〔聶〕聂
〔聵〕聩
〔職〕职
〔藝〕艺
〔覲〕觐
〔鞦〕秋
〔藪〕薮
〔蠆〕虿
〔繭〕茧
〔藥〕药
〔藭〕䓖
〔賾〕赜
〔蘊〕蕴
〔檯〕台
〔櫃〕柜
〔檻〕槛

〔檲〕梋
〔檳〕槟
〔檸〕柠
〔鶇〕鸫
〔轉〕转
〔轆〕辘
〔醫〕医
〔礎〕础
〔殯〕殡
〔霧〕雾

【丨】

〔豐〕丰
〔覷〕觑
〔懟〕怼
〔叢〕丛
〔矇〕蒙
〔題〕题
〔韙〕韪
〔瞼〕睑
〔闖〕闯
〔闔〕阖
〔闐〕阗
〔闓〕闿
〔闕〕阙
〔顒〕颙
〔曠〕旷
〔蹟〕迹 *
〔蹣〕蹒
〔嚙〕啮
〔壘〕垒
〔蟯〕蛲
〔蟲〕虫
〔蟬〕蝉
〔蟣〕虮
〔鵑〕鹃
〔嚕〕噜
〔顓〕颛

【丿】

〔鵠〕鹄
〔鵝〕鹅
〔穫〕获
〔穡〕穑
〔穢〕秽
〔簡〕简
〔簣〕篑
〔簞〕箪
〔雙〕双
〔軀〕躯
〔邊〕边
〔歸〕归
〔鏵〕铧
〔鎮〕镇
〔鏈〕链
〔鎘〕镉
〔鎖〕锁
〔鎧〕铠
〔鎸〕镌
〔鎳〕镍
〔鎢〕钨
〔鎩〕铩
〔鎿〕镎
〔鎦〕镏
〔鎬〕镐
〔鎊〕镑
〔鎰〕镒
〔鎵〕镓
〔鍋〕锅
〔鵒〕鹆
〔饃〕馍
〔餺〕馎
〔餼〕饩
〔餾〕馏
〔饈〕馐
〔臍〕脐
〔鯁〕鲠
〔鯉〕鲤
〔鯀〕鲧
〔鯇〕鲩
〔鯽〕鲫
〔颸〕飔
〔颼〕飕
〔觴〕觞
〔獵〕猎
〔雛〕雏
〔臏〕膑

【丶】

〔謹〕谨
〔謳〕讴
〔謾〕谩

〔讁〕谪
〔謭〕谫
〔謬〕谬
〔癤〕疖
〔雜〕杂
〔離〕离
〔顏〕颜
〔糧〕粮
〔燼〕烬
〔鵜〕鹈
〔瀆〕渎
〔瀎〕溓
〔濾〕滤
〔鯊〕鲨
〔濺〕溅
〔瀏〕浏
〔濼〕泺
〔瀉〕泻
〔瀋〕沈
〔竄〕窜
〔竅〕窍
〔額〕额
〔禰〕祢
〔襠〕裆
〔襝〕裣
〔禱〕祷

【乛】

〔醬〕酱
〔韞〕韫
〔隴〕陇
〔嬸〕婶
〔繞〕绕
〔繚〕缭
〔織〕织
〔繕〕缮
〔繒〕缯
〔繡〕绣 *
〔斷〕断

19 畫

【一】

〔鵡〕鹉
〔鶄〕鹊
〔鬍〕胡
〔騙〕骗
〔騷〕骚
〔壢〕坜
〔壚〕垆
〔壞〕坏
〔攏〕拢
〔蘀〕萚
〔難〕难
〔鵲〕鹊
〔藶〕苈
〔蘋〕苹
〔蘆〕芦
〔鶓〕鹋
〔藺〕蔺
〔躉〕趸
〔蘄〕蕲
〔勸〕劝
〔蘇〕苏
〔藹〕蔼
〔蘢〕茏
〔顛〕颠
〔櫝〕椟
〔櫟〕栎
〔櫓〕橹
〔櫧〕槠
〔櫞〕橼
〔轎〕轿
〔鏨〕錾
〔轍〕辙
〔轔〕辚
〔繫〕系
〔鶇〕鸫
〔麗〕丽
〔厴〕厣
〔礪〕砺
〔礙〕碍
〔礦〕矿
〔贗〕赝
〔願〕愿
〔鶴〕鹌
〔璽〕玺
〔豶〕豮

【丨】

〔贈〕赠
〔闞〕阚
〔關〕关

〔嚦〕呖
〔疇〕畴
〔蹺〕跷
〔蟶〕蛏
〔蠅〕蝇
〔蟻〕蚁
〔嚴〕严
〔獸〕兽
〔嚨〕咙
〔羆〕罴
〔羅〕罗

【丿】

〔氌〕氇
〔犢〕犊
〔贊〕赞
〔穩〕稳
〔簽〕签
〔簾〕帘
〔簫〕箫
〔牘〕牍
〔懲〕惩
〔鐯〕锗
〔鏗〕铿
〔鏢〕镖
〔鏜〕镗
〔鏤〕镂
〔鏝〕镘
〔鏰〕镚
〔鏞〕镛
〔鏡〕镜
〔鏟〕铲
〔鏑〕镝
〔鏃〕镞
〔鏇〕旋
〔鏘〕锵
〔辭〕辞
〔饉〕馑
〔饅〕馒
〔鵬〕鹏
〔臘〕腊
〔鯖〕鲭
〔鯪〕鲮
〔鯫〕鲰
〔鯡〕鲱
〔鯤〕鲲
〔鯧〕鲳
〔鯢〕鲵
〔鯰〕鲶
〔鯛〕鲷
〔鯨〕鲸
〔鯔〕鲻
〔獺〕獭
〔鶴〕鹐
〔飀〕飗

【丶】

〔譚〕谭
〔譖〕谮
〔譙〕谯
〔識〕识
〔譜〕谱
〔證〕证
〔譎〕谲
〔譏〕讥
〔鶉〕鹑
〔廬〕庐
〔癟〕瘪
〔癡〕痴*
〔癢〕痒
〔龐〕庞
〔壟〕垄
〔韻〕韵*
〔鶊〕鹒
〔類〕类
〔爍〕烁
〔瀟〕潇
〔瀨〕濑
〔瀝〕沥
〔瀕〕濒
〔瀘〕泸
〔瀧〕泷
〔懶〕懒
〔懷〕怀
〔寵〕宠
〔襪〕袜
〔襤〕褴

【乛】

〔韜〕韬
〔騭〕骘
〔騖〕骛

〔纇〕颣
〔纆〕𬙊
〔繩〕绳
〔繾〕缱
〔繰〕缲
〔繹〕绎
〔繯〕缳
〔繳〕缴
〔繪〕绘

20 畫

【一】

〔瓏〕珑
〔驁〕骜
〔驊〕骅
〔騮〕骝
〔騶〕驺
〔騸〕骟
〔攖〕撄
〔攔〕拦
〔攙〕搀
〔聹〕聍
〔顢〕颟
〔蘄〕蕲
〔蘭〕兰
〔蘞〕蔹
〔蘚〕藓
〔鶘〕鹕
〔飄〕飘
〔櫪〕枥
〔櫨〕栌
〔櫸〕榉
〔礬〕矾
〔麵〕面
〔櫬〕榇
〔櫳〕栊
〔礫〕砾

【丨】

〔鹹〕咸
〔鹺〕鹾
〔齟〕龃
〔齡〕龄
〔齣〕出
〔齙〕龅
〔齠〕龆
〔獻〕献
〔黨〕党
〔懸〕悬
〔鶪〕䴗
〔罌〕罂
〔贍〕赡
〔闥〕闼
〔闡〕阐
〔鶡〕鹖
〔嚨〕咙
〔蠣〕蛎
〔蠐〕蛴
〔蠑〕蝾
〔嚶〕嘤
〔鶚〕鹗
〔髏〕髅
〔鶻〕鹘

【丿】

〔犧〕牺
〔鶩〕鹜
〔籌〕筹
〔籃〕篮
〔譽〕誉
〔覺〕觉
〔嚳〕喾
〔衊〕蔑
〔艦〕舰
〔鐃〕铙
〔鐝〕镢
〔鐐〕镣
〔鏷〕镤
〔鐦〕锎
〔鐧〕锏
〔鐓〕镦
〔鐘〕钟
〔鐥〕𫓹
〔鐠〕镨
〔鐒〕铹
〔鏽〕锈 *
〔鐋〕铴
〔鐨〕镄
〔鐙〕镫
〔鏺〕䥽
〔釋〕释
〔饒〕饶

〔饊〕馓
〔饋〕馈
〔饌〕馔
〔饑〕饥
〔臚〕胪
〔朧〕胧
〔騰〕腾
〔鰆〕䲠
〔鰈〕鲽
〔鰂〕鲗
〔鰛〕鳁
〔鰓〕鳃
〔鰐〕鳄
〔鰍〕鳅
〔鰒〕鳆
〔鰉〕鳇
〔鰌〕䲡
〔鯿〕鳊
〔獼〕猕
〔觸〕触

【丶】

〔護〕护
〔譴〕谴
〔譯〕译
〔譫〕谵
〔議〕议
〔癥〕症
〔辮〕辫
〔龑〕䶮
〔競〕竞
〔贏〕赢
〔糲〕粝
〔糰〕团
〔鷀〕鹚
〔爐〕炉
〔瀾〕澜
〔瀲〕潋
〔瀰〕弥
〔懺〕忏
〔寶〕宝
〔騫〕骞
〔竇〕窦
〔襬〕摆

【乛】

〔鶥〕鹛
〔鶩〕骛
〔纊〕纩
〔繽〕缤
〔繼〕继
〔饗〕飨
〔響〕响

21 畫

【一】

〔耀〕耀
〔瓔〕璎
〔鰲〕鳌
〔攝〕摄
〔騾〕骡
〔驅〕驱
〔驃〕骠
〔驄〕骢
〔驂〕骖
〔擻〕擞
〔攛〕撺
〔韃〕鞑
〔轎〕轿
〔歡〕欢
〔權〕权
〔櫻〕樱
〔欄〕栏
〔轟〕轰
〔覽〕览
〔酈〕郦
〔飆〕飙
〔殲〕歼

【丨】

〔齜〕龇
〔齦〕龈
〔巇〕巇
〔贐〕赆
〔囁〕嗫
〔囈〕呓
〔闢〕辟
〔囀〕啭
〔顥〕颢
〔躊〕踌

〔躋〕跻
〔躑〕踯
〔躍〕跃
〔纍〕累
〔蠟〕蜡
〔囂〕嚣
〔巋〕岿
〔髒〕脏

【丿】

〔儺〕傩
〔儷〕俪
〔儼〕俨
〔鷉〕䴘
〔鐵〕铁
〔鑊〕镬
〔鐳〕镭
〔鐺〕铛
〔鐸〕铎
〔鐶〕镮
〔鐲〕镯
〔鐮〕镰
〔鏡〕镱
〔鶺〕鹡
〔鷂〕鹞
〔鷄〕鸡
〔鶬〕鸧
〔臟〕脏
〔騰〕螣
〔鰭〕鳍
〔鰱〕鲢
〔鰣〕鲥
〔鰨〕鳎
〔鰥〕鳏
〔鰷〕鲦
〔鰟〕鳑
〔鰜〕鳒

【丶】

〔癩〕癞
〔癧〕疬
〔癮〕瘾
〔斕〕斓
〔辯〕辩
〔礱〕砻
〔鶼〕鹣
〔爛〕烂
〔鶯〕莺
〔灄〕滠
〔灃〕沣
〔灕〕漓
〔懾〕慑
〔懼〕惧
〔竈〕灶
〔顧〕顾
〔襯〕衬
〔鶴〕鹤

【乛】

〔屬〕属
〔纈〕缬
〔續〕续
〔纏〕缠

22 畫
【一】

〔鬚〕须
〔驍〕骁
〔驕〕骄
〔攤〕摊
〔覿〕觌
〔攢〕攒
〔鷙〕鸷
〔聽〕听
〔蘿〕萝
〔驚〕惊
〔轢〕轹
〔鷗〕鸥
〔鑒〕鉴
〔邐〕逦
〔鷖〕鹥
〔霽〕霁

【丨】

〔齬〕龉
〔齪〕龊
〔鱉〕鳖
〔贖〕赎
〔躚〕跹
〔躓〕踬
〔蠨〕蟏
〔囌〕苏

〔囉〕啰
〔囒〕
〔轘〕
〔巔〕巅
〔巖〕岩*
〔邏〕逻
〔體〕体

【丿】

〔罎〕坛
〔籜〕箨
〔籟〕籁
〔籙〕箓
〔籠〕笼
〔鱉〕鳖
〔儻〕傥
〔艫〕舻
〔鑄〕铸
〔鑌〕镔
〔鑔〕镲
〔龕〕龛
〔糴〕籴
〔鰳〕鳓
〔鰹〕鲣
〔鰾〕鳔
〔鱈〕鳕
〔鰻〕鳗
〔鱅〕鳙
〔鰼〕鳛
〔玀〕猡

【丶】

〔讀〕读
〔讅〕谉
〔巒〕峦
〔彎〕弯
〔孿〕孪
〔孌〕娈
〔顫〕颤
〔鷓〕鹧
〔癭〕瘿
〔癬〕癣
〔聾〕聋
〔龔〕龚
〔襲〕袭
〔灘〕滩
〔灑〕洒
〔竊〕窃

【乛】

〔鷚〕鹨
〔轡〕辔

23 畫

【一】

〔瓚〕瓒
〔驛〕驿
〔驗〕验
〔攪〕搅
〔欏〕椤
〔轤〕轳
〔靨〕靥
〔魘〕魇
〔饜〕餍
〔鷯〕鹩
〔靆〕叇
〔顬〕颥

【丨】

〔曬〕晒
〔鷳〕鹇
〔顯〕显
〔蠱〕蛊
〔髖〕髋
〔髕〕髌

【丿】

〔籤〕签
〔讎〕雠
〔鷦〕鹪
〔黴〕霉
〔鑠〕铄
〔鑕〕锧
〔鑥〕镥
〔鑣〕镳
〔鑞〕镴
〔臢〕臜
〔鱖〕鳜
〔鱔〕鳝
〔鱗〕鳞

〔鱒〕鳟
〔鱘〕鲟

【丶】

〔讌〕䜩
〔欒〕栾
〔孿〕孪
〔變〕变
〔戀〕恋
〔鷲〕鹫
〔癰〕痈
〔齏〕齑
〔讋〕詟

【乛】

〔鷸〕鹬
〔纓〕缨
〔纖〕纤
〔纔〕才
〔鷥〕鸶

24 畫

【一】

〔鬢〕鬓
〔攬〕揽
〔驟〕骤
〔壩〕坝
〔韆〕千
〔觀〕观
〔鹽〕盐
〔釀〕酿
〔靂〕雳
〔靈〕灵
〔靄〕霭
〔蠶〕蚕

【丨】

〔艷〕艳
〔顰〕颦
〔齲〕龋
〔齷〕龌
〔鹼〕硷
〔贜〕赃
〔鷺〕鹭
〔囑〕嘱
〔羈〕羁

【丿】

〔籩〕笾
〔籬〕篱
〔籪〕簖
〔黌〕黉
〔鱟〕鲎
〔鱧〕鳢
〔鱠〕鲙
〔鱣〕鳣

【丶】

〔讕〕谰
〔讖〕谶
〔讒〕谗
〔讓〕让
〔鸇〕鹯
〔鷹〕鹰
〔癱〕瘫
〔癲〕癫
〔贛〕赣
〔灝〕灏

【乛】

〔鸊〕䴙

25 畫

【一】

〔韉〕鞯
〔欖〕榄
〔靉〕叆

【丨】

〔顱〕颅
〔躡〕蹑
〔躥〕蹿
〔鼉〕鼍

【丿】

〔籮〕箩
〔鑭〕镧
〔鑰〕钥
〔鑲〕镶

〔饞〕馋
〔鱠〕鲙
〔鱭〕鲚

【丶】

〔蠻〕蛮
〔臠〕脔
〔廳〕厅
〔灣〕湾

【乛】

〔糶〕粜
〔纘〕缵

26 畫

【一】

〔驥〕骥
〔驢〕驴
〔趲〕趱
〔顴〕颧
〔黶〕黡
〔釃〕酾
〔釅〕酽

【丨】

〔矚〕瞩
〔躪〕躏
〔躦〕躜

【丿】

〔釁〕衅
〔鑷〕镊
〔鑹〕镩

【丶】

〔灤〕滦

27 畫

【一】

〔鬮〕阄
〔驤〕骧
〔顳〕颞

【丨】

〔鸕〕鸬
〔黷〕黩

【丿】

〔鑼〕锣
〔鑽〕钻
〔鱸〕鲈

【丶】

〔讞〕谳
〔讜〕谠
〔鑾〕銮
〔灩〕滟

【乛】

〔纜〕缆

28 畫

〔鸛〕鹳
〔欞〕棂
〔鑿〕凿
〔鸚〕鹦
〔钂〕镋
〔钁〕䦆
〔戇〕戆

29 畫

〔驪〕骊
〔鬱〕郁

30 畫

〔鸝〕鹂
〔饢〕馕
〔鱺〕鲡
〔鸞〕鸾

32 畫

〔籲〕吁

---

* 這些字是從《第一批異體字整理表》摘錄出來的，習慣上被看作簡化字的異體字。

3. 漢語拼音音序索引

A

a

(ㄚ)

锕〔錒〕

ai

(ㄞ)

锿〔鑀〕
皑〔皚〕
霭〔靄〕
蔼〔藹〕
爱〔愛〕
叆〔靉〕
瑷〔璦〕
嗳〔噯〕
暧〔曖〕
嫒〔嬡〕
碍〔礙〕

an

(ㄢ)

谙〔諳〕
鹌〔鵪〕
铵〔銨〕

ang

(ㄤ)

肮〔骯〕

ao

(ㄠ)

鳌〔鰲〕
骜〔驁〕
袄〔襖〕

B

ba

(ㄅㄚ)

鲅〔鮁〕
钯〔鈀〕
坝〔壩〕
罢〔罷〕
𦓤〔䎱〕

bai

(ㄅㄞ)

摆〔擺〕
　〔襬〕
败〔敗〕

ban

(ㄅㄢ)

颁〔頒〕
板〔闆〕
绊〔絆〕
办〔辦〕

bang

(ㄅㄤ)

帮〔幫〕
绑〔綁〕
谤〔謗〕
镑〔鎊〕

bao

(ㄅㄠ)

龅〔齙〕
宝〔寶〕
饱〔飽〕
鸨〔鴇〕
报〔報〕
鲍〔鮑〕

bei

(ㄅㄟ)

惫〔憊〕
辈〔輩〕
贝〔貝〕
钡〔鋇〕
狈〔狽〕

备〔備〕
呗〔唄〕

ben
（ㄅㄣ）
锛〔錛〕
贲〔賁〕

beng
（ㄅㄥ）
绷〔綳〕
镚〔鏰〕

bi
（ㄅㄧ）
笔〔筆〕
铋〔鉍〕
贲〔賁〕
毕〔畢〕
哔〔嗶〕
筚〔篳〕
荜〔蓽〕
跸〔蹕〕
滗〔潷〕
币〔幣〕
闭〔閉〕
毙〔斃〕

bian
（ㄅㄧㄢ）
鳊〔鯿〕
编〔編〕
边〔邊〕
笾〔籩〕
贬〔貶〕
辩〔辯〕
辫〔辮〕
变〔變〕

biao
（ㄅㄧㄠ）
镳〔鑣〕
标〔標〕
骠〔驃〕
镖〔鏢〕
飙〔飆〕
表〔錶〕
鳔〔鰾〕

bie
（ㄅㄧㄝ）
鳖〔鱉〕
瘪〔癟〕
别〔彆〕

bin
（ㄅㄧㄣ）
宾〔賓〕
滨〔濱〕
槟〔檳〕
傧〔儐〕
缤〔繽〕
镔〔鑌〕
濒〔瀕〕
鬓〔鬢〕
摈〔擯〕
殡〔殯〕
膑〔臏〕
髌〔髕〕

bing
（ㄅㄧㄥ）
槟〔檳〕
饼〔餅〕

bo
（ㄅㄛ）
饽〔餑〕
钵〔缽〕
拨〔撥〕
鹁〔鵓〕
馎〔餺〕
钹〔鈸〕
驳〔駁〕
铂〔鉑〕
卜〔蔔〕

bu
（ㄅㄨ）
补〔補〕
布〔佈〕*
钚〔鈈〕

C

cai
（ㄘㄞ）
才〔纔〕

财〔財〕

can

（ㄘㄢ）

参〔參〕
骖〔驂〕
蚕〔蠶〕
惭〔慚〕
残〔殘〕
惨〔慘〕
穇〔穇〕
灿〔燦〕

cang

（ㄘㄤ）

仓〔倉〕
沧〔滄〕
苍〔蒼〕
伧〔傖〕
鸧〔鶬〕
舱〔艙〕

ce

（ㄘㄜ）

测〔測〕
恻〔惻〕
厕〔廁〕
侧〔側〕

cen

（ㄘㄣ）

参〔參〕

ceng

（ㄘㄥ）

层〔層〕

cha

（ㄔㄚ）

馇〔餷〕
锸〔鍤〕
镲〔鑔〕
诧〔詫〕

chai

（ㄔㄞ）

钗〔釵〕
侪〔儕〕
虿〔蠆〕

chan

（ㄔㄢ）

搀〔攙〕
掺〔摻〕
觇〔覘〕
缠〔纏〕
禅〔禪〕
蝉〔蟬〕
婵〔嬋〕
谗〔讒〕
馋〔饞〕
产〔產〕
浐〔滻〕
铲〔鏟〕
蒇〔蕆〕
阐〔闡〕
冁〔囅〕
谄〔諂〕
颤〔顫〕
忏〔懺〕
刬〔剗〕

chang

（ㄔㄤ）

伥〔倀〕
阊〔閶〕
鲳〔鯧〕
尝〔嘗〕
偿〔償〕
鲿〔鱨〕
长〔長〕
肠〔腸〕
场〔場〕
厂〔廠〕
怅〔悵〕
畅〔暢〕

chao

（ㄔㄠ）

钞〔鈔〕

che

（ㄔㄜ）

车〔車〕
砗〔硨〕
彻〔徹〕

chen

（ㄔㄣ）

谌〔諶〕
尘〔塵〕
陈〔陳〕
碜〔磣〕
榇〔櫬〕
衬〔襯〕
谶〔讖〕
称〔稱〕
龀〔齔〕

cheng

（ㄔㄥ）

柽〔檉〕
蛏〔蟶〕
铛〔鐺〕
赪〔赬〕
称〔稱〕
枨〔棖〕
诚〔誠〕
惩〔懲〕
骋〔騁〕

chi

（ㄔ）

鸱〔鴟〕
痴〔癡〕*
迟〔遲〕
驰〔馳〕
齿〔齒〕
炽〔熾〕
饬〔飭〕

chong

（ㄔㄨㄥ）

冲〔衝〕
虫〔蟲〕
宠〔寵〕
铳〔銃〕

chou

（ㄔㄡ）

䌷〔紬〕
畴〔疇〕
筹〔籌〕
踌〔躊〕
俦〔儔〕
雠〔讎〕
绸〔綢〕
丑〔醜〕

chu

（ㄔㄨ）

出〔齣〕
锄〔鋤〕
刍〔芻〕
雏〔雛〕
储〔儲〕
础〔礎〕
处〔處〕
绌〔絀〕
触〔觸〕

chuai

（ㄔㄨㄞ）

𫔴〔䦷〕

chuan

（ㄔㄨㄢ）

传〔傳〕
钏〔釧〕

chuang

（ㄔㄨㄤ）

疮〔瘡〕
床〔牀〕*
闯〔闖〕
怆〔愴〕
创〔創〕

chui

（ㄔㄨㄟ）

锤〔鎚〕

chun

（ㄔㄨㄣ）

䲠〔鰆〕
鹑〔鶉〕
纯〔純〕
莼〔蒓〕
唇〔脣〕*

chuo

（ㄔㄨㄛ）

绰〔綽〕
龊〔齪〕
辍〔輟〕

ci

(ㄘ)

鹚〔鷀〕
辞〔辭〕
词〔詞〕
赐〔賜〕

cong

(ㄘㄨㄥ)

聪〔聰〕
骢〔驄〕
枞〔樅〕
苁〔蓯〕
从〔從〕
丛〔叢〕

cou

(ㄘㄡ)

辏〔輳〕

cuan

(ㄘㄨㄢ)

撺〔攛〕
蹿〔躥〕
镩〔鑹〕
攒〔攢〕
窜〔竄〕

cui

(ㄘㄨㄟ)

缞〔縗〕

cuo

(ㄘㄨㄛ)

鹾〔鹺〕
错〔錯〕
锉〔銼〕

D

da

(ㄉㄚ)

达〔達〕
哒〔噠〕
鞑〔韃〕

dai

(ㄉㄞ)

呆〔獃〕*
贷〔貸〕
绐〔紿〕
带〔帶〕
逮〔隸〕

dan

(ㄉㄢ)

单〔單〕
担〔擔〕
殚〔殫〕
箪〔簞〕
郸〔鄲〕
掸〔撣〕
胆〔膽〕
赕〔賧〕
惮〔憚〕
瘅〔癉〕
弹〔彈〕
诞〔誕〕

dang

(ㄉㄤ)

裆〔襠〕
铛〔鐺〕
当〔當〕
〔噹〕
党〔黨〕
谠〔讜〕
挡〔擋〕
档〔檔〕
砀〔碭〕
荡〔蕩〕

dao

(ㄉㄠ)

鱽〔魛〕
祷〔禱〕
岛〔島〕
捣〔搗〕
导〔導〕

de

(ㄉㄜ)

锝〔鍀〕

deng

(ㄉㄥ)

灯〔燈〕
镫〔鐙〕
邓〔鄧〕

di

（ㄉㄧ）

镝〔鏑〕
觌〔覿〕
籴〔糴〕
敌〔敵〕
涤〔滌〕
诋〔詆〕
谛〔諦〕
缔〔締〕
递〔遞〕

dian

（ㄉㄧㄢ）

颠〔顛〕
癫〔癲〕
巅〔巔〕
点〔點〕
淀〔澱〕
垫〔墊〕
电〔電〕
钿〔鈿〕

diao

（ㄉㄧㄠ）

鲷〔鯛〕
铫〔銚〕
铞〔銱〕
窎〔窵〕
钓〔釣〕
调〔調〕

die

（ㄉㄧㄝ）

谍〔諜〕
鲽〔鰈〕
绖〔絰〕

ding

（ㄉㄧㄥ）

钉〔釘〕
顶〔頂〕
订〔訂〕
锭〔錠〕

diu

（ㄉㄧㄡ）

铥〔銩〕

dong

（ㄉㄨㄥ）

东〔東〕
鸫〔鶇〕
岽〔崬〕
冬〔鼕〕
动〔動〕
冻〔凍〕
栋〔棟〕
胨〔腖〕

dou

（ㄉㄡ）

钭〔鈄〕
斗〔鬥〕
窦〔竇〕

du

（ㄉㄨ）

读〔讀〕
渎〔瀆〕
椟〔櫝〕
黩〔黷〕
犊〔犢〕
牍〔牘〕
独〔獨〕
赌〔賭〕
笃〔篤〕
镀〔鍍〕

duan

（ㄉㄨㄢ）

断〔斷〕
锻〔鍛〕
缎〔緞〕
簖〔籪〕

dui

（ㄉㄨㄟ）

怼〔懟〕
对〔對〕
队〔隊〕

dun

（ㄉㄨㄣ）

吨〔噸〕
镦〔鐓〕
趸〔躉〕
钝〔鈍〕

顿〔頓〕

duo

（ㄉㄨㄛ）

夺〔奪〕
铎〔鐸〕
驮〔馱〕
堕〔墮〕
饳〔飿〕

E

e

（ㄜ）

额〔額〕
锇〔鋨〕
鹅〔鵝〕
讹〔訛〕
恶〔惡〕
〔噁〕
垩〔堊〕
轭〔軛〕
谔〔諤〕
鹗〔鶚〕
鳄〔鱷〕
锷〔鍔〕
饿〔餓〕

ê

（ㄝ）

诶〔誒〕

er

（ㄦ）

儿〔兒〕
鸸〔鴯〕
饵〔餌〕
铒〔鉺〕
尔〔爾〕
迩〔邇〕
贰〔貳〕

F

fa

（ㄈㄚ）

发〔發〕
〔髮〕
罚〔罰〕
阀〔閥〕

fan

（ㄈㄢ）

烦〔煩〕
矾〔礬〕
钒〔釩〕
贩〔販〕
饭〔飯〕
范〔範〕

fang

（ㄈㄤ）

钫〔鈁〕
鲂〔魴〕
访〔訪〕
纺〔紡〕

fei

（ㄈㄟ）

绯〔緋〕
鲱〔鯡〕
飞〔飛〕
诽〔誹〕
废〔廢〕
费〔費〕
镄〔鐨〕

fen

（ㄈㄣ）

纷〔紛〕
坟〔墳〕
豮〔豶〕
粪〔糞〕
愤〔憤〕
偾〔僨〕
奋〔奮〕

feng

（ㄈㄥ）

丰〔豐〕
沣〔灃〕
锋〔鋒〕
风〔風〕
沨〔渢〕
疯〔瘋〕
枫〔楓〕
砜〔碸〕
冯〔馮〕

缝〔縫〕
讽〔諷〕
凤〔鳳〕
赗〔賵〕

fu

（ㄈㄨ）

麸〔麩〕
肤〔膚〕
辐〔輻〕
韨〔韍〕
绂〔紱〕
凫〔鳧〕
绋〔紼〕
辅〔輔〕
抚〔撫〕
赋〔賦〕
赙〔賻〕
缚〔縛〕
讣〔訃〕
复〔復〕
〔複〕
鳆〔鰒〕
驸〔駙〕
鲋〔鮒〕
负〔負〕
妇〔婦〕

G

ga

（ㄍㄚ）

钆〔釓〕

gai

（ㄍㄞ）

该〔該〕
赅〔賅〕
盖〔蓋〕
钙〔鈣〕

gan

（ㄍㄢ）

干〔乾〕
〔幹〕
尴〔尷〕
赶〔趕〕
赣〔贛〕
绀〔紺〕

gang

（ㄍㄤ）

冈〔岡〕
刚〔剛〕
㭎〔棡〕
纲〔綱〕
钢〔鋼〕
㧏〔掆〕
岗〔崗〕

gao

（ㄍㄠ）

镐〔鎬〕
缟〔縞〕
诰〔誥〕
锆〔鋯〕

ge

（ㄍㄜ）

鸽〔鴿〕
搁〔擱〕
镉〔鎘〕
颌〔頜〕
阁〔閣〕
个〔個〕
铬〔鉻〕

gei

（ㄍㄟ）

给〔給〕

geng

（ㄍㄥ）

赓〔賡〕
鹒〔鶊〕
鲠〔鯁〕
绠〔綆〕

gong

（ㄍㄨㄥ）

龚〔龔〕
巩〔鞏〕
贡〔貢〕
唝〔嗊〕

gou

（ㄍㄡ）

缑〔緱〕
沟〔溝〕
钩〔鈎〕

觏〔覯〕
诟〔詬〕
构〔構〕
购〔購〕

gu

（ㄍㄨ）

轱〔軲〕
鸪〔鴣〕
诂〔詁〕
钴〔鈷〕
贾〔賈〕
蛊〔蠱〕
毂〔轂〕
馉〔餶〕
鹘〔鶻〕
谷〔穀〕
鹄〔鵠〕
顾〔顧〕
雇〔僱〕*
锢〔錮〕

gua

（ㄍㄨㄚ）

刮〔颳〕
鸹〔鴰〕
剐〔剮〕
挂〔掛〕*
诖〔詿〕

guan

（ㄍㄨㄢ）

关〔關〕
纶〔綸〕
鳏〔鰥〕
观〔觀〕
馆〔館〕
鹳〔鸛〕
贯〔貫〕
惯〔慣〕
掼〔摜〕

guang

（ㄍㄨㄤ）

广〔廣〕
犷〔獷〕

gui

（ㄍㄨㄟ）

妫〔媯〕
规〔規〕
鲑〔鮭〕
闺〔閨〕
归〔歸〕
龟〔龜〕
轨〔軌〕
匦〔匭〕
诡〔詭〕
鳜〔鱖〕
柜〔櫃〕
贵〔貴〕
刿〔劌〕
桧〔檜〕
刽〔劊〕

gun

（ㄍㄨㄣ）

辊〔輥〕
绲〔緄〕
鲧〔鯀〕

guo

（ㄍㄨㄛ）

涡〔渦〕
埚〔堝〕
锅〔鍋〕
蝈〔蟈〕
国〔國〕
掴〔摑〕
帼〔幗〕
馃〔餜〕
腘〔膕〕
过〔過〕

H

ha

（ㄏㄚ）

铪〔鉿〕

hai

（ㄏㄞ）

还〔還〕
骇〔駭〕

han

（ㄏㄢ）

顸〔頇〕
韩〔韓〕
阚〔闞〕
㘎〔㘚〕
汉〔漢〕
颔〔頷〕

hang

（ㄏㄤ）

绗〔絎〕
颃〔頏〕

hao

（ㄏㄠ）

颢〔顥〕
灏〔灝〕
号〔號〕

he

（ㄏㄜ）

诃〔訶〕
阂〔閡〕
阖〔闔〕
鹖〔鶡〕
颌〔頜〕
饸〔餄〕
合〔閤〕
纥〔紇〕
鹤〔鶴〕
贺〔賀〕
吓〔嚇〕

heng

（ㄏㄥ）

鸻〔鴴〕

hong

（ㄏㄨㄥ）

轰〔轟〕
哄〔閧〕*
〔鬨〕
黉〔黌〕
鸿〔鴻〕
红〔紅〕
荭〔葒〕
讧〔訌〕

hou

（ㄏㄡ）

后〔後〕
鲎〔鱟〕

hu

（ㄏㄨ）

轷〔軤〕
壶〔壺〕
胡〔鬍〕
鹕〔鶘〕
鹄〔鵠〕
鹘〔鶻〕
浒〔滸〕
沪〔滬〕
护〔護〕

hua

（ㄏㄨㄚ）

华〔華〕
骅〔驊〕
哗〔嘩〕
铧〔鏵〕
画〔畫〕
婳〔嫿〕
划〔劃〕
桦〔樺〕
话〔話〕

huai

（ㄏㄨㄞ）

怀〔懷〕
坏〔壞〕

huan

（ㄏㄨㄢ）

欢〔歡〕
还〔還〕
环〔環〕
缳〔繯〕
镮〔鐶〕
锾〔鍰〕
缓〔緩〕
鲩〔鯇〕

huang

（ㄏㄨㄤ）

鳇〔鰉〕
谎〔謊〕

hui
(ㄏㄨㄟ)
挥〔揮〕
辉〔輝〕
翚〔翬〕
诙〔詼〕
回〔迴〕
汇〔匯〕
〔彙〕
贿〔賄〕
秽〔穢〕
会〔會〕
烩〔燴〕
荟〔薈〕
绘〔繪〕
诲〔誨〕
殨〔㱮〕
讳〔諱〕

hun
(ㄏㄨㄣ)
荤〔葷〕
阍〔閽〕
浑〔渾〕
珲〔琿〕
馄〔餛〕
诨〔諢〕

huo
(ㄏㄨㄛ)
钬〔鈥〕
伙〔夥〕
镬〔鑊〕
获〔獲〕
〔穫〕
祸〔禍〕
货〔貨〕

J

ji
(ㄐㄧ)
齑〔齏〕
跻〔躋〕
击〔擊〕
赍〔賫〕
缉〔緝〕
积〔積〕
羁〔羈〕
机〔機〕
饥〔饑〕
讥〔譏〕
玑〔璣〕
矶〔磯〕
叽〔嘰〕
鸡〔鷄〕
鹡〔鶺〕
辑〔輯〕
极〔極〕
级〔級〕
挤〔擠〕
给〔給〕
几〔幾〕
虮〔蟣〕
济〔濟〕
霁〔霽〕
荠〔薺〕
剂〔劑〕
鲚〔鱭〕
际〔際〕
绩〔績〕
计〔計〕
系〔繫〕
骥〔驥〕
觊〔覬〕
蓟〔薊〕
鲫〔鯽〕
记〔記〕
纪〔紀〕
继〔繼〕
迹〔跡〕*

jia
(ㄐㄧㄚ)
家〔傢〕
镓〔鎵〕
夹〔夾〕
浃〔浹〕
颊〔頰〕
荚〔莢〕
蛱〔蛺〕
铗〔鋏〕
郏〔郟〕
贾〔賈〕

槚〔檟〕
钾〔鉀〕
价〔價〕
驾〔駕〕

jian

(ㄐㄧㄢ)

鹣〔鶼〕
鳒〔鰜〕
缣〔縑〕
戋〔戔〕
笺〔箋〕
坚〔堅〕
鲣〔鰹〕
缄〔緘〕
鞯〔韉〕
监〔監〕
歼〔殲〕
艰〔艱〕
间〔間〕
谫〔譾〕
硷〔鹼〕
拣〔揀〕
笕〔筧〕
茧〔繭〕
检〔檢〕
捡〔撿〕
睑〔瞼〕
俭〔儉〕
裥〔襉〕
简〔簡〕
谏〔諫〕
渐〔漸〕
槛〔檻〕
贱〔賤〕
溅〔濺〕
践〔踐〕
饯〔餞〕
荐〔薦〕
鉴〔鑒〕
见〔見〕
枧〔梘〕
舰〔艦〕
剑〔劍〕
键〔鍵〕
涧〔澗〕
锏〔鐧〕

jiang

(ㄐㄧㄤ)

姜〔薑〕
将〔將〕
浆〔漿〕
缰〔繮〕
讲〔講〕
桨〔槳〕
奖〔獎〕
蒋〔蔣〕
酱〔醬〕
绛〔絳〕

jiao

(ㄐㄧㄠ)

胶〔膠〕
鲛〔鮫〕
䴔〔鵁〕
浇〔澆〕
骄〔驕〕
娇〔嬌〕
鹪〔鷦〕
饺〔餃〕
铰〔鉸〕
绞〔絞〕
侥〔僥〕
矫〔矯〕
搅〔攪〕
缴〔繳〕
觉〔覺〕
较〔較〕
轿〔轎〕
挢〔撟〕
峤〔嶠〕

jie

(ㄐㄧㄝ)

阶〔階〕
秸〔稭〕*
疖〔癤〕
讦〔訐〕
杰〔傑〕*
洁〔潔〕
诘〔詰〕
撷〔擷〕
颉〔頡〕
结〔結〕

鲒〔鮚〕
节〔節〕
借〔藉〕
诫〔誡〕

jin
(ㄐㄧㄣ)

谨〔謹〕
馑〔饉〕
觐〔覲〕
紧〔緊〕
锦〔錦〕
仅〔僅〕
劲〔勁〕
进〔進〕
琎〔璡〕
缙〔縉〕
尽〔盡〕
〔儘〕
浕〔濜〕
荩〔藎〕
赆〔贐〕
烬〔燼〕

jing
(ㄐㄧㄥ)

惊〔驚〕
鲸〔鯨〕
䴖〔鶄〕
泾〔涇〕
茎〔莖〕
经〔經〕
颈〔頸〕
刭〔剄〕
镜〔鏡〕
竞〔競〕
痉〔痙〕
劲〔勁〕
胫〔脛〕
径〔徑〕
靓〔靚〕

jiu
(ㄐㄧㄡ)

纠〔糾〕
鸠〔鳩〕
阄〔鬮〕
鹫〔鷲〕
旧〔舊〕

ju
(ㄐㄩ)

车〔車〕
驹〔駒〕
䴗〔鶪〕
锔〔鋦〕
举〔舉〕
龃〔齟〕
榉〔櫸〕
巨〔鉅〕*
惧〔懼〕
飓〔颶〕
窭〔窶〕
屦〔屨〕
据〔據〕
剧〔劇〕
锯〔鋸〕

juan
(ㄐㄩㄢ)

鹃〔鵑〕
镌〔鐫〕
卷〔捲〕
绢〔絹〕

jue
(ㄐㄩㄝ)

觉〔覺〕
镢〔鐝〕
䦆〔钁〕
谲〔譎〕
诀〔訣〕
绝〔絕〕

jun
(ㄐㄩㄣ)

军〔軍〕
皲〔皸〕
钧〔鈞〕
骏〔駿〕

K

kai
(ㄎㄞ)

开〔開〕

锎〔鐦〕
恺〔愷〕
垲〔塏〕
剀〔剴〕
铠〔鎧〕
凯〔凱〕
闿〔闓〕
锴〔鍇〕
忾〔愾〕

kan

(ㄎㄢ)

龛〔龕〕
槛〔檻〕

kang

(ㄎㄤ)

钪〔鈧〕

kao

(ㄎㄠ)

铐〔銬〕

ke

(ㄎㄜ)

颏〔頦〕
轲〔軻〕
钶〔鈳〕
颗〔顆〕
壳〔殼〕
缂〔緙〕
克〔剋〕
课〔課〕
骒〔騍〕
锞〔錁〕

ken

(ㄎㄣ)

恳〔懇〕
垦〔墾〕

keng

(ㄎㄥ)

铿〔鏗〕

kou

(ㄎㄡ)

抠〔摳〕
眍〔瞘〕

ku

(ㄎㄨ)

库〔庫〕
裤〔褲〕
绔〔絝〕
喾〔嚳〕

kua

(ㄎㄨㄚ)

夸〔誇〕

kuai

(ㄎㄨㄞ)

㧟〔擓〕
会〔會〕
浍〔澮〕
哙〔噲〕
郐〔鄶〕
侩〔儈〕
脍〔膾〕
鲙〔鱠〕
狯〔獪〕
块〔塊〕

kuan

(ㄎㄨㄢ)

宽〔寬〕
髋〔髖〕

kuang

(ㄎㄨㄤ)

诓〔誆〕
诳〔誑〕
矿〔礦〕
圹〔壙〕
旷〔曠〕
纩〔纊〕
邝〔鄺〕
贶〔貺〕

kui

(ㄎㄨㄟ)

窥〔窺〕
亏〔虧〕
岿〔巋〕
溃〔潰〕
䙡〔襀〕
愦〔憒〕

䜩〔䜩〕
匮〔匱〕
蒉〔蕢〕
馈〔饋〕
篑〔簣〕

kun

（ㄎㄨㄣ）

昆〔崑〕*
鲲〔鯤〕
锟〔錕〕
壸〔壼〕
捆〔綑〕*
阃〔閫〕
困〔睏〕

kuo

（ㄎㄨㄛ）

阔〔闊〕
扩〔擴〕

L

la

（ㄌㄚ）

蜡〔蠟〕
腊〔臘〕
镴〔鑞〕

lai

（ㄌㄞ）

来〔來〕
涞〔淶〕
莱〔萊〕
崃〔崍〕
铼〔錸〕
徕〔徠〕
赖〔賴〕
濑〔瀨〕
癞〔癩〕
籁〔籟〕
睐〔睞〕
赉〔賚〕

lan

（ㄌㄢ）

兰〔蘭〕
栏〔欄〕
拦〔攔〕
阑〔闌〕
澜〔瀾〕
谰〔讕〕
斓〔斕〕
镧〔鑭〕
褴〔襤〕
蓝〔藍〕
篮〔籃〕
岚〔嵐〕
懒〔懶〕
览〔覽〕
榄〔欖〕
揽〔攬〕
缆〔纜〕
烂〔爛〕
滥〔濫〕

lang

（ㄌㄤ）

锒〔鋃〕
阆〔閬〕

lao

（ㄌㄠ）

捞〔撈〕
劳〔勞〕
崂〔嶗〕
痨〔癆〕
铹〔鐒〕
铑〔銠〕
涝〔澇〕
唠〔嘮〕
耢〔耮〕

le

（ㄌㄜ）

鳓〔鰳〕
乐〔樂〕
饹〔餎〕

lei

（ㄌㄟ）

镭〔鐳〕
累〔纍〕
缧〔縲〕
诔〔誄〕
垒〔壘〕
泪〔淚〕*
类〔類〕

li

(ㄌㄧ)

厘〔釐〕*
离〔離〕
漓〔灕〕
篱〔籬〕
缡〔縭〕
骊〔驪〕
鹂〔鸝〕
鲡〔鱺〕
礼〔禮〕
逦〔邐〕
里〔裏〕
锂〔鋰〕
鲤〔鯉〕
鳢〔鱧〕
丽〔麗〕
俪〔儷〕
郦〔酈〕
厉〔厲〕
励〔勵〕
砾〔礫〕
历〔歷〕
〔曆〕
沥〔瀝〕
坜〔壢〕
疬〔癧〕
雳〔靂〕
枥〔櫪〕
苈〔藶〕
呖〔嚦〕
疠〔癘〕
粝〔糲〕
砺〔礪〕
蛎〔蠣〕
栎〔櫟〕
轹〔轢〕
隶〔隸〕

lia

(ㄌㄧㄚ)

俩〔倆〕

lian

(ㄌㄧㄢ)

帘〔簾〕
镰〔鐮〕
联〔聯〕
连〔連〕
涟〔漣〕
莲〔蓮〕
鲢〔鰱〕
琏〔璉〕
奁〔奩〕
怜〔憐〕
敛〔斂〕
蔹〔蘞〕
脸〔臉〕
恋〔戀〕
链〔鏈〕
炼〔煉〕
练〔練〕
潋〔瀲〕
殓〔殮〕
裣〔襝〕
裢〔褳〕

liang

(ㄌㄧㄤ)

粮〔糧〕
两〔兩〕
俩〔倆〕
唡〔啢〕
魉〔魎〕
谅〔諒〕
辆〔輛〕

liao

(ㄌㄧㄠ)

鹩〔鷯〕
缭〔繚〕
疗〔療〕
辽〔遼〕
了〔瞭〕
钌〔釕〕
镣〔鐐〕

lie

(ㄌㄧㄝ)

猎〔獵〕
䴕〔鴷〕

lin

(ㄌㄧㄣ)

辚〔轔〕
鳞〔鱗〕

临〔臨〕
邻〔鄰〕
蔺〔藺〕
躏〔躪〕
赁〔賃〕

ling
(ㄌㄧㄥ)

鲮〔鯪〕
绫〔綾〕
龄〔齡〕
铃〔鈴〕
鸰〔鴒〕
灵〔靈〕
棂〔欞〕
领〔領〕
岭〔嶺〕

liu
(ㄌㄧㄡ)

飗〔飀〕
刘〔劉〕
浏〔瀏〕
骝〔騮〕
镏〔鎦〕
绺〔綹〕
馏〔餾〕
鹨〔鷚〕
陆〔陸〕

long
(ㄌㄨㄥ)

龙〔龍〕
泷〔瀧〕
珑〔瓏〕
聋〔聾〕
栊〔櫳〕
砻〔礱〕
笼〔籠〕
茏〔蘢〕
咙〔嚨〕
昽〔曨〕
胧〔朧〕
垄〔壟〕
拢〔攏〕
陇〔隴〕

lou
(ㄌㄡ)

瞜〔瞜〕
娄〔婁〕
偻〔僂〕
喽〔嘍〕
楼〔樓〕
溇〔漊〕
蒌〔蔞〕
髅〔髏〕
蝼〔螻〕
耧〔耬〕
搂〔摟〕
嵝〔嶁〕
篓〔簍〕
镂〔鏤〕

lu
(ㄌㄨ)

噜〔嚕〕
庐〔廬〕
炉〔爐〕
芦〔蘆〕
卢〔盧〕
泸〔瀘〕
垆〔壚〕
栌〔櫨〕
颅〔顱〕
鸬〔鸕〕
胪〔臚〕
鲈〔鱸〕
舻〔艫〕
卤〔鹵〕
〔滷〕
虏〔虜〕
掳〔擄〕
鲁〔魯〕
橹〔櫓〕
镥〔鑥〕
辘〔轆〕
辂〔輅〕
赂〔賂〕
鹭〔鷺〕
陆〔陸〕
录〔錄〕
箓〔籙〕

绿〔綠〕
轳〔轤〕
氇〔氌〕

lü
(ㄌㄩ)

驴〔驢〕
闾〔閭〕
榈〔櫚〕
屡〔屢〕
偻〔僂〕
褛〔褸〕
缕〔縷〕
铝〔鋁〕
虑〔慮〕
滤〔濾〕
绿〔綠〕

luan
(ㄌㄨㄢ)

娈〔孌〕
栾〔欒〕
滦〔灤〕
峦〔巒〕
脔〔臠〕
銮〔鑾〕
挛〔攣〕
鸾〔鸞〕
孪〔孿〕
乱〔亂〕

lun
(ㄌㄨㄣ)

抡〔掄〕
仑〔侖〕
沦〔淪〕
轮〔輪〕
囵〔圇〕
纶〔綸〕
伦〔倫〕
论〔論〕

luo
(ㄌㄨㄛ)

骡〔騾〕
脶〔腡〕
罗〔羅〕
啰〔囉〕
逻〔邏〕
萝〔蘿〕
锣〔鑼〕
箩〔籮〕
椤〔欏〕
猡〔玀〕
荦〔犖〕
泺〔濼〕
骆〔駱〕
络〔絡〕

M

m
(ㄇ)

呒〔嘸〕

ma
(ㄇㄚ)

妈〔媽〕
麻〔蔴〕*
马〔馬〕
蚂〔螞〕
玛〔瑪〕
码〔碼〕
犸〔獁〕
骂〔罵〕
吗〔嗎〕
唛〔嘜〕

mai
(ㄇㄞ)

买〔買〕
麦〔麥〕
卖〔賣〕
迈〔邁〕
荬〔蕒〕
脉〔脈〕*

man
(ㄇㄢ)

颟〔顢〕
馒〔饅〕
鳗〔鰻〕
蛮〔蠻〕
瞒〔瞞〕
满〔滿〕
螨〔蟎〕
谩〔謾〕

缦〔縵〕
镘〔鏝〕

mang

(ㄇㄤ)

铓〔鋩〕

mao

(ㄇㄠ)

猫〔貓〕*
锚〔錨〕
铆〔鉚〕
贸〔貿〕

me

(ㄇㄜ)

么〔麼〕

mei

(ㄇㄟ)

霉〔黴〕
镅〔鎇〕
鹛〔鶥〕
镁〔鎂〕

men

(ㄇㄣ)

门〔門〕
扪〔捫〕
钔〔鍆〕
懑〔懣〕
闷〔悶〕
焖〔燜〕
们〔們〕

meng

(ㄇㄥ)

蒙〔矇〕
〔濛〕
〔懞〕
锰〔錳〕
梦〔夢〕

mi

(ㄇㄧ)

谜〔謎〕
祢〔禰〕
弥〔彌〕
〔瀰〕
猕〔獼〕
谧〔謐〕
觅〔覓〕

mian

(ㄇㄧㄢ)

绵〔綿〕
渑〔澠〕
缅〔緬〕
面〔麵〕

miao

(ㄇㄧㄠ)

鹋〔鶓〕
缈〔緲〕
缪〔繆〕
庙〔廟〕

mie

(ㄇㄧㄝ)

灭〔滅〕
蔑〔衊〕

min

(ㄇㄧㄣ)

缗〔緡〕
闵〔閔〕
悯〔憫〕
闽〔閩〕
黾〔黽〕
鳘〔鰵〕

ming

(ㄇㄧㄥ)

鸣〔鳴〕
铭〔銘〕

miu

(ㄇㄧㄡ)

谬〔謬〕
缪〔繆〕

mo

(ㄇㄛ)

谟〔謨〕
馍〔饃〕
蓦〔驀〕

mou

(ㄇㄡ)

谋〔謀〕
缪〔繆〕

mu
(ㄇㄨ)
亩〔畝〕
钼〔鉬〕

N

na
(ㄋㄚ)
镎〔鎿〕
钠〔鈉〕
纳〔納〕

nan
(ㄋㄢ)
难〔難〕

nang
(ㄋㄤ)
馕〔饢〕

nao
(ㄋㄠ)
挠〔撓〕
蛲〔蟯〕
铙〔鐃〕
恼〔惱〕
脑〔腦〕
闹〔鬧〕

ne
(ㄋㄜ)
讷〔訥〕

nei
(ㄋㄟ)
馁〔餒〕

ni
(ㄋㄧ)
鲵〔鯢〕
铌〔鈮〕
拟〔擬〕
腻〔膩〕

nian
(ㄋㄧㄢ)
鲇〔鮎〕
鲶〔鯰〕
辇〔輦〕
撵〔攆〕

niang
(ㄋㄧㄤ)
酿〔釀〕

niao
(ㄋㄧㄠ)
鸟〔鳥〕
茑〔蔦〕
袅〔裊〕

nie
(ㄋㄧㄝ)
聂〔聶〕
颞〔顳〕
嗫〔囁〕
蹑〔躡〕
镊〔鑷〕
啮〔嚙〕
镍〔鎳〕

ning
(ㄋㄧㄥ)
宁〔寧〕
柠〔檸〕
咛〔嚀〕
狞〔獰〕
聍〔聹〕
拧〔擰〕
泞〔濘〕

niu
(ㄋㄧㄡ)
钮〔鈕〕
纽〔紐〕

nong
(ㄋㄨㄥ)
农〔農〕
浓〔濃〕
侬〔儂〕
脓〔膿〕
哝〔噥〕

nu
(ㄋㄨ)
驽〔駑〕

nü
(ㄋㄩ)
钕〔釹〕

nüe

(ㄋㄩㄝ)

疟〔瘧〕

nuo

(ㄋㄨㄛ)

傩〔儺〕
诺〔諾〕
锘〔鍩〕

O

ou

(ㄡ)

区〔區〕
讴〔謳〕
瓯〔甌〕
鸥〔鷗〕
殴〔毆〕
欧〔歐〕
呕〔嘔〕
沤〔漚〕
怄〔慪〕

P

pan

(ㄆㄢ)

蹒〔蹣〕
盘〔盤〕

pang

(ㄆㄤ)

鳑〔鰟〕
庞〔龐〕

pei

(ㄆㄟ)

赔〔賠〕
锫〔錇〕
辔〔轡〕

pen

(ㄆㄣ)

喷〔噴〕

peng

(ㄆㄥ)

鹏〔鵬〕

pi

(ㄆㄧ)

纰〔紕〕
罴〔羆〕
鲏〔鮍〕
铍〔鈹〕
辟〔闢〕
䴙〔鷿〕

pian

(ㄆㄧㄢ)

骈〔駢〕
谝〔諞〕
骗〔騙〕

piao

(ㄆㄧㄠ)

飘〔飄〕
缥〔縹〕
骠〔驃〕

pin

(ㄆㄧㄣ)

嫔〔嬪〕
频〔頻〕
颦〔顰〕
贫〔貧〕

ping

(ㄆㄧㄥ)

评〔評〕
苹〔蘋〕
鲆〔鮃〕
凭〔憑〕

po

(ㄆㄛ)

钋〔釙〕
颇〔頗〕
泼〔潑〕
钹〔鏺〕
钷〔鉕〕

pu

(ㄆㄨ)

铺〔鋪〕
扑〔撲〕
仆〔僕〕
镤〔鏷〕
谱〔譜〕
镨〔鐠〕
朴〔樸〕

Q

qi

(ㄑㄧ)

栖〔棲〕*
缉〔緝〕
桤〔榿〕
齐〔齊〕
蛴〔蠐〕
脐〔臍〕
骑〔騎〕
骐〔騏〕
鳍〔鰭〕
颀〔頎〕
蕲〔蘄〕
启〔啓〕
绮〔綺〕
岂〔豈〕
碛〔磧〕
气〔氣〕
讫〔訖〕
弃〔棄〕*
荠〔薺〕

qian

(ㄑㄧㄢ)

骞〔騫〕
谦〔謙〕
悭〔慳〕
牵〔牽〕
佥〔僉〕
签〔簽〕
〔籤〕
千〔韆〕
迁〔遷〕
钎〔釺〕
铅〔鉛〕
鹐〔鵮〕
荨〔蕁〕
钳〔鉗〕
钱〔錢〕
钤〔鈐〕
浅〔淺〕
谴〔譴〕
缱〔繾〕
堑〔塹〕
椠〔槧〕
纤〔縴〕

qiang

(ㄑㄧㄤ)

玱〔瑲〕
枪〔槍〕
锵〔鏘〕
墙〔墻〕
蔷〔薔〕
樯〔檣〕
嫱〔嬙〕
镪〔鏹〕
羟〔羥〕
抢〔搶〕
炝〔熗〕
戗〔戧〕
跄〔蹌〕
呛〔嗆〕

qiao

(ㄑㄧㄠ)

硗〔磽〕
跷〔蹺〕
锹〔鍬〕
缲〔繰〕
翘〔翹〕
乔〔喬〕
桥〔橋〕
硚〔礄〕
侨〔僑〕
鞒〔鞽〕
荞〔蕎〕
谯〔譙〕
壳〔殼〕
窍〔竅〕
诮〔誚〕

qie

(ㄑㄧㄝ)

锲〔鍥〕
惬〔愜〕
箧〔篋〕
窃〔竊〕

qin

(ㄑㄧㄣ)

亲〔親〕
钦〔欽〕

嵚〔嶔〕
骎〔駸〕
寝〔寢〕
锓〔鋟〕
揿〔撳〕

qing

(ㄑㄧㄥ)

鲭〔鯖〕
轻〔輕〕
氢〔氫〕
倾〔傾〕
婧〔腈〕
请〔請〕
顷〔頃〕
庼〔廎〕
庆〔慶〕

qiong

(ㄑㄩㄥ)

穷〔窮〕
藭〔藭〕
琼〔瓊〕
茕〔煢〕

qiu

(ㄑㄧㄡ)

秋〔鞦〕
鹙〔鶖〕
鳅〔鰍〕
鳟〔鰌〕
巯〔巰〕

qu

(ㄑㄩ)

曲〔麴〕
区〔區〕
驱〔驅〕
岖〔嶇〕
躯〔軀〕
诎〔詘〕
趋〔趨〕
鸲〔鴝〕
龋〔齲〕
觑〔覷〕
阒〔闃〕

quan

(ㄑㄩㄢ)

权〔權〕
颧〔顴〕
铨〔銓〕
诠〔詮〕
绻〔綣〕
劝〔勸〕

que

(ㄑㄩㄝ)

悫〔慤〕
鹊〔鵲〕
阙〔闕〕
确〔確〕

R

rang

(ㄖㄤ)

让〔讓〕

rao

(ㄖㄠ)

桡〔橈〕
荛〔蕘〕
饶〔饒〕
娆〔嬈〕
扰〔擾〕
绕〔繞〕

re

(ㄖㄜ)

热〔熱〕

ren

(ㄖㄣ)

认〔認〕
饪〔飪〕
纴〔紝〕
轫〔軔〕
纫〔紉〕
韧〔韌〕

rong

(ㄖㄨㄥ)

荣〔榮〕
蝾〔蠑〕
嵘〔嶸〕
绒〔絨〕

ru
(ㄖㄨ)
铷〔鉫〕
颥〔顬〕
缛〔縟〕
ruan
(ㄖㄨㄢ)
软〔軟〕
rui
(ㄖㄨㄟ)
锐〔鋭〕
run
(ㄖㄨㄣ)
闰〔閏〕
润〔潤〕

S
sa
(ㄙㄚ)
洒〔灑〕
飒〔颯〕
萨〔薩〕
sai
(ㄙㄞ)
鳃〔鰓〕
赛〔賽〕
san
(ㄙㄢ)
毵〔毿〕
馓〔饊〕
伞〔傘〕
sang
(ㄙㄤ)
丧〔喪〕
颡〔顙〕
sao
(ㄙㄠ)
骚〔騷〕
缫〔繅〕
扫〔掃〕
se
(ㄙㄜ)
涩〔澀〕
啬〔嗇〕
穑〔穡〕
铯〔銫〕
sha
(ㄕㄚ)
鲨〔鯊〕
纱〔紗〕
杀〔殺〕
铩〔鎩〕
shai
(ㄕㄞ)
筛〔篩〕
晒〔曬〕
酾〔釃〕
shan
(ㄕㄢ)
钐〔釤〕
陕〔陝〕
闪〔閃〕
镨〔鐥〕
鳝〔鱔〕
缮〔繕〕
掸〔撣〕
骟〔騸〕
钥〔鍽〕
禅〔禪〕
讪〔訕〕
赡〔贍〕
shang
(ㄕㄤ)
殇〔殤〕
觞〔觴〕
伤〔傷〕
赏〔賞〕
shao
(ㄕㄠ)
烧〔燒〕
绍〔紹〕
she
(ㄕㄜ)
赊〔賒〕
舍〔捨〕
设〔設〕
滠〔灄〕
慑〔懾〕
摄〔攝〕
厍〔厙〕

shei
（ㄕㄟ）
谁〔誰〕
shen
（ㄕㄣ）
绅〔紳〕
参〔參〕
糁〔糝〕
审〔審〕
谉〔讅〕
婶〔嬸〕
沈〔瀋〕
谂〔諗〕
肾〔腎〕
渗〔滲〕
瘆〔瘮〕
sheng
（ㄕㄥ）
升〔陞〕
〔昇〕*
声〔聲〕
渑〔澠〕
绳〔繩〕
胜〔勝〕
圣〔聖〕
shi
（ㄕㄧ）
湿〔濕〕
诗〔詩〕
师〔師〕
浉〔溮〕
狮〔獅〕
鸸〔鳾〕
实〔實〕
埘〔塒〕
鲥〔鰣〕
识〔識〕
时〔時〕
蚀〔蝕〕
驶〔駛〕
铈〔鈰〕
视〔視〕
谥〔謚〕
试〔試〕
轼〔軾〕
势〔勢〕
莳〔蒔〕
贳〔貰〕
释〔釋〕
饰〔飾〕
适〔適〕
shou
（ㄕㄡ）
兽〔獸〕
寿〔壽〕
绶〔綬〕
shu
（ㄕㄨ）
枢〔樞〕
摅〔攄〕
输〔輸〕
纾〔紓〕
书〔書〕
赎〔贖〕
属〔屬〕
数〔數〕
树〔樹〕
术〔術〕
竖〔豎〕
shuai
（ㄕㄨㄞ）
帅〔帥〕
shuan
（ㄕㄨㄢ）
闩〔閂〕
shuang
（ㄕㄨㄤ）
双〔雙〕
泷〔瀧〕
shui
（ㄕㄨㄟ）
谁〔誰〕
shun
（ㄕㄨㄣ）
顺〔順〕
shuo
（ㄕㄨㄛ）
说〔說〕

硕〔碩〕
烁〔爍〕
铄〔鑠〕

si
（ㄙ）

锶〔鍶〕
飔〔颸〕
缌〔緦〕
丝〔絲〕
咝〔噝〕
鸶〔鷥〕
蛳〔螄〕
驷〔駟〕
饲〔飼〕

song
（ㄙㄨㄥ）

松〔鬆〕
怂〔慫〕
耸〔聳〕
扨〔摗〕
讼〔訟〕
颂〔頌〕
诵〔誦〕

sou
（ㄙㄡ）

馊〔餿〕
锼〔鎪〕
飕〔颼〕
薮〔藪〕
擞〔擻〕

su
（ㄙㄨ）

苏〔蘇〕
〔囌〕
稣〔穌〕
谡〔謖〕
诉〔訴〕
肃〔肅〕

sui
（ㄙㄨㄟ）

虽〔雖〕
随〔隨〕
绥〔綏〕
岁〔歲〕
谇〔誶〕

sun
（ㄙㄨㄣ）

孙〔孫〕
荪〔蓀〕
狲〔猻〕
损〔損〕
笋〔筍〕*

suo
（ㄙㄨㄛ）

缩〔縮〕
琐〔瑣〕
唢〔嗩〕
锁〔鎖〕

T

ta
（ㄊㄚ）

它〔牠〕*
铊〔鉈〕
鳎〔鰨〕
獭〔獺〕
汰〔澾〕
挞〔撻〕
闼〔闥〕

tai
（ㄊㄞ）

台〔臺〕
〔檯〕
〔颱〕
骀〔駘〕
态〔態〕
钛〔鈦〕

tan
（ㄊㄢ）

滩〔灘〕
瘫〔癱〕
摊〔攤〕
贪〔貪〕
谈〔談〕
坛〔壇〕
〔罎〕
谭〔譚〕
昙〔曇〕

弹〔彈〕
钽〔鉭〕
叹〔嘆〕

tang
(ㄊㄤ)

镗〔鏜〕
汤〔湯〕
傥〔儻〕
镋〔钂〕
烫〔燙〕

tao
(ㄊㄠ)

涛〔濤〕
韬〔韜〕
绦〔縧〕
焘〔燾〕
讨〔討〕

te
(ㄊㄜ)

铽〔鋱〕

teng
(ㄊㄥ)

誊〔謄〕
腾〔騰〕
䲢〔鰧〕

ti
(ㄊㄧ)

锑〔銻〕
䴘〔鷉〕
鹈〔鵜〕
绨〔綈〕
缇〔緹〕
题〔題〕
体〔體〕

tian
(ㄊㄧㄢ)

阗〔闐〕

tiao
(ㄊㄧㄠ)

条〔條〕
鲦〔鰷〕
龆〔齠〕
调〔調〕
粜〔糶〕

tie
(ㄊㄧㄝ)

贴〔貼〕
铁〔鐵〕

ting
(ㄊㄧㄥ)

厅〔廳〕
烃〔烴〕
听〔聽〕
颋〔頲〕
铤〔鋌〕

tong
(ㄊㄨㄥ)

铜〔銅〕
鲖〔鮦〕
统〔統〕
恸〔慟〕

tou
(ㄊㄡ)

头〔頭〕

tu
(ㄊㄨ)

图〔圖〕
涂〔塗〕
钍〔釷〕

tuan
(ㄊㄨㄣ)

抟〔摶〕
团〔團〕
〔糰〕

tui
(ㄊㄨㄟ)

颓〔頹〕

tun
(ㄊㄨㄣ)

饨〔飩〕

tuo
(ㄊㄨㄛ)

饦〔飥〕
驼〔駝〕
鸵〔鴕〕

驮〔馱〕
鼍〔鼉〕
椭〔橢〕
萚〔蘀〕
箨〔籜〕

W

wa

（ㄨㄚ）

娲〔媧〕
洼〔窪〕
袜〔襪〕

wai

（ㄨㄞ）

㖞〔喎〕

wan

（ㄨㄢ）

弯〔彎〕
湾〔灣〕
纨〔紈〕
顽〔頑〕
绾〔綰〕
万〔萬〕

wang

（ㄨㄤ）

网〔網〕
辋〔輞〕

wei

（ㄨㄟ）

为〔爲〕
沩〔溈〕
维〔維〕
潍〔濰〕
韦〔韋〕
违〔違〕
围〔圍〕
帏〔幃〕
闱〔闈〕
伪〔僞〕
鲔〔鮪〕
诿〔諉〕
炜〔煒〕
玮〔瑋〕
苇〔葦〕
韪〔韙〕
伟〔偉〕
纬〔緯〕
硙〔磑〕
谓〔謂〕
卫〔衛〕

wen

（ㄨㄣ）

鳁〔鰮〕
纹〔紋〕
闻〔聞〕
阌〔閿〕
稳〔穩〕
问〔問〕

wo

（ㄨㄛ）

涡〔渦〕
窝〔窩〕
莴〔萵〕
蜗〔蝸〕
挝〔撾〕
龌〔齷〕

wu

（ㄨ）

诬〔誣〕
乌〔烏〕
呜〔嗚〕
钨〔鎢〕
邬〔鄔〕
无〔無〕
芜〔蕪〕
妩〔嫵〕
怃〔憮〕
庑〔廡〕
鹉〔鵡〕
坞〔塢〕
务〔務〕
雾〔霧〕
骛〔騖〕
鹜〔鶩〕
误〔誤〕

X

xi

(ㄒㄧ)

牺〔犧〕
饻〔餏〕
锡〔錫〕
袭〔襲〕
觋〔覡〕
席〔蓆〕*
习〔習〕
鳛〔鰼〕
玺〔璽〕
铣〔銑〕
系〔係〕
〔繫〕
细〔細〕
阋〔鬩〕
戏〔戲〕
饩〔餼〕

xia

(ㄒㄧㄚ)

虾〔蝦〕
辖〔轄〕
硖〔硤〕
侠〔俠〕
狭〔狹〕
吓〔嚇〕

xian

(ㄒㄧㄢ)

鲜〔鮮〕
纤〔纖〕
跹〔躚〕
锨〔鍁〕
莶〔薟〕
贤〔賢〕
咸〔鹹〕
衔〔銜〕
挦〔撏〕
闲〔閑〕
鹇〔鷳〕
娴〔嫻〕
痫〔癇〕
藓〔蘚〕
蚬〔蜆〕
显〔顯〕
险〔險〕
猃〔獫〕
铣〔銑〕
献〔獻〕
线〔綫〕
现〔現〕
苋〔莧〕
县〔縣〕
宪〔憲〕
馅〔餡〕

xiang

(ㄒㄧㄤ)

骧〔驤〕
镶〔鑲〕
乡〔鄉〕
芗〔薌〕
缃〔緗〕
详〔詳〕
鲞〔鯗〕
响〔響〕
饷〔餉〕
飨〔饗〕
向〔嚮〕
项〔項〕

xiao

(ㄒㄧㄠ)

骁〔驍〕
哓〔嘵〕
销〔銷〕
绡〔綃〕
嚣〔囂〕
枭〔梟〕
鸮〔鴞〕
萧〔蕭〕
潇〔瀟〕
蟏〔蠨〕
箫〔簫〕
晓〔曉〕
啸〔嘯〕

xie

(ㄒㄧㄝ)

颉〔頡〕
撷〔擷〕
缬〔纈〕
协〔協〕

挟〔挾〕
胁〔脅〕
谐〔諧〕
写〔寫〕
亵〔褻〕
泻〔瀉〕
绁〔紲〕
谢〔謝〕

xin

（ㄒㄧㄣ）

锌〔鋅〕
䜣〔訢〕
衅〔釁〕

xing

（ㄒㄧㄥ）

兴〔興〕
荥〔滎〕
钘〔鈃〕
陉〔陘〕
饧〔餳〕

xiong

（ㄒㄩㄥ）

凶〔兇〕*
讻〔訩〕
诇〔詗〕

xiu

（ㄒㄧㄡ）

馐〔饈〕
鸺〔鵂〕
绣〔綉〕*
〔繡〕
锈〔銹〕*
〔鏽〕

xu

（ㄒㄩ）

须〔須〕
〔鬚〕
谞〔諝〕
许〔許〕
诩〔詡〕
顼〔頊〕
续〔續〕
绪〔緒〕

xuan

（ㄒㄩㄢ）

轩〔軒〕
谖〔諼〕
悬〔懸〕
选〔選〕
癣〔癬〕
旋〔鏇〕
铉〔鉉〕
绚〔絢〕

xue

（ㄒㄩㄝ）

学〔學〕
岙〔嶨〕
鳕〔鱈〕
谑〔謔〕

xun

（ㄒㄩㄣ）

勋〔勛〕
埙〔塤〕
驯〔馴〕
询〔詢〕
寻〔尋〕
浔〔潯〕
鲟〔鱘〕
训〔訓〕
讯〔訊〕
逊〔遜〕

Y

ya

（ㄧㄚ）

压〔壓〕
鸦〔鴉〕
鸭〔鴨〕
铔〔錏〕
哑〔啞〕
氩〔氬〕
亚〔亞〕
垭〔埡〕
挜〔掗〕
娅〔婭〕
讶〔訝〕
轧〔軋〕

yan
(ㄧㄢ)
阏〔閼〕
阉〔閹〕
恹〔懨〕
岩〔巖〕*
颜〔顏〕
盐〔鹽〕
严〔嚴〕
阎〔閻〕
厣〔厴〕
黡〔黶〕
俨〔儼〕
䶮〔龑〕
谚〔諺〕
䜩〔讌〕
厌〔厭〕
餍〔饜〕
赝〔贗〕
艳〔艷〕
滟〔灧〕
谳〔讞〕
砚〔硯〕
𧹞〔𧶠〕
酽〔釅〕
验〔驗〕

yang
(ㄧㄤ)
鸯〔鴦〕
疡〔瘍〕
炀〔煬〕
杨〔楊〕
扬〔揚〕
旸〔暘〕
钖〔鍚〕
阳〔陽〕
痒〔癢〕
养〔養〕
样〔樣〕

yao
(ㄧㄠ)
尧〔堯〕
峣〔嶢〕
谣〔謠〕
铫〔銚〕
轺〔軺〕
疟〔瘧〕
鹞〔鷂〕
钥〔鑰〕
药〔藥〕

ye
(ㄧㄝ)
爷〔爺〕
靥〔靨〕
页〔頁〕
烨〔燁〕
晔〔曄〕
业〔業〕
邺〔鄴〕
叶〔葉〕
谒〔謁〕

yi
(ㄧ)
铱〔銥〕
医〔醫〕
鹥〔鷖〕
祎〔禕〕
颐〔頤〕
遗〔遺〕
仪〔儀〕
诒〔詒〕
贻〔貽〕
饴〔飴〕
蚁〔蟻〕
钇〔釔〕
谊〔誼〕
瘗〔瘞〕
镒〔鎰〕
缢〔縊〕
勚〔勩〕
怿〔懌〕
译〔譯〕
驿〔驛〕
峄〔嶧〕
绎〔繹〕
义〔義〕
议〔議〕
轶〔軼〕
艺〔藝〕
呓〔囈〕

亿〔億〕
忆〔憶〕
异〔異〕*
诣〔詣〕
镱〔鐿〕

yin

（ㄧㄣ）

铟〔銦〕
阴〔陰〕
荫〔蔭〕
龈〔齦〕
银〔銀〕
饮〔飲〕
隐〔隱〕
瘾〔癮〕
䲟〔鮣〕

ying

（ㄧㄥ）

应〔應〕
鹰〔鷹〕
莺〔鶯〕
罂〔罌〕
婴〔嬰〕
璎〔瓔〕
樱〔櫻〕
撄〔攖〕
嘤〔嚶〕
鹦〔鸚〕
缨〔纓〕
荧〔熒〕
莹〔瑩〕
茔〔塋〕
萤〔螢〕
萦〔縈〕
营〔營〕
赢〔贏〕
蝇〔蠅〕
瘿〔癭〕
颖〔穎〕
颍〔潁〕

yo

（ㄧㄛ）

哟〔喲〕

yong

（ㄩㄥ）

痈〔癰〕
拥〔擁〕
佣〔傭〕
镛〔鏞〕
鳙〔鱅〕
颙〔顒〕
涌〔湧〕*
踊〔踴〕

you

（ㄧㄡ）

忧〔憂〕
优〔優〕
鱿〔魷〕
犹〔猶〕
莸〔蕕〕
铀〔鈾〕
邮〔郵〕
铕〔銪〕
诱〔誘〕

yu

（ㄩ）

纡〔紆〕
舆〔輿〕
欤〔歟〕
余〔餘〕
觎〔覦〕
谀〔諛〕
鱼〔魚〕
渔〔漁〕
歔〔歔〕
与〔與〕
语〔語〕
龉〔齬〕
伛〔傴〕
屿〔嶼〕
誉〔譽〕
钰〔鈺〕
吁〔籲〕
御〔禦〕
驭〔馭〕
阈〔閾〕
妪〔嫗〕

郁〔鬱〕
谕〔諭〕
鸲〔鴝〕
饫〔飫〕
狱〔獄〕
预〔預〕
滪〔澦〕
蓣〔蕷〕
鹬〔鷸〕

yuan
(ㄩㄢ)

渊〔淵〕
鸢〔鳶〕
鸳〔鴛〕
鼋〔黿〕
园〔園〕
辕〔轅〕
员〔員〕
圆〔圓〕
缘〔緣〕
橼〔櫞〕
远〔遠〕
愿〔願〕

yue
(ㄩㄝ)

约〔約〕
岳〔嶽〕*
哕〔噦〕
阅〔閱〕
钺〔鉞〕
跃〔躍〕
乐〔樂〕
钥〔鑰〕

yun
(ㄩㄣ)

云〔雲〕
芸〔蕓〕
纭〔紜〕
涢〔溳〕
郧〔鄖〕
殒〔殞〕
陨〔隕〕
恽〔惲〕
晕〔暈〕
郓〔鄆〕
运〔運〕
酝〔醞〕
韫〔韞〕
缊〔緼〕
蕴〔藴〕
韵〔韻〕*

Z

za
(ㄗㄚ)

臜〔臢〕
杂〔雜〕

zai
(ㄗㄞ)

灾〔災〕*
载〔載〕

zan
(ㄗㄢ)

趱〔趲〕
攒〔攢〕
錾〔鏨〕
暂〔暫〕
赞〔贊〕
瓒〔瓚〕

zang
(ㄗㄤ)

赃〔贜〕
脏〔臟〕
〔髒〕
驵〔駔〕

zao
(ㄗㄠ)

凿〔鑿〕
枣〔棗〕
灶〔竈〕

ze
(ㄗㄜ)

责〔責〕
赜〔賾〕
啧〔嘖〕
帻〔幘〕
箦〔簀〕
则〔則〕
泽〔澤〕

择〔擇〕

zei

（ㄗㄟ）

贼〔賊〕
鲗〔鰂〕

zen

（ㄗㄣ）

谮〔譖〕

zeng

（ㄗㄥ）

缯〔繒〕
赠〔贈〕
锃〔鋥〕

zha

（ㄓㄚ）

扎〔紮〕*
〔紥〕
札〔劄〕*
〔剳〕
铡〔鍘〕
闸〔閘〕
轧〔軋〕
鲝〔鮺〕
鲊〔鮓〕
诈〔詐〕

zhai

（ㄓㄞ）

斋〔齋〕
债〔債〕

zhan

（ㄓㄢ）

鹯〔鸇〕
鳣〔鱣〕
毡〔氈〕
谵〔譫〕
斩〔斬〕
崭〔嶄〕
盏〔盞〕
辗〔輾〕
绽〔綻〕
颤〔顫〕
栈〔棧〕
占〔佔〕*
战〔戰〕

zhang

（ㄓㄤ）

张〔張〕
长〔長〕
涨〔漲〕
帐〔帳〕
账〔賬〕
胀〔脹〕

zhao

（ㄓㄠ）

钊〔釗〕
赵〔趙〕
诏〔詔〕

zhe

（ㄓㄜ）

谪〔謫〕
辙〔轍〕
蛰〔蟄〕
辄〔輒〕
詟〔讋〕
折〔摺〕
锗〔鍺〕
这〔這〕
鹧〔鷓〕

zhen

（ㄓㄣ）

针〔針〕
贞〔貞〕
浈〔湞〕
祯〔禎〕
桢〔楨〕
侦〔偵〕
缜〔縝〕
诊〔診〕
轸〔軫〕
鸩〔鴆〕
赈〔賑〕
镇〔鎮〕
纼〔紖〕
阵〔陣〕

zheng

（ㄓㄥ）

钲〔鉦〕
征〔徵〕

铮〔錚〕
症〔癥〕
郑〔鄭〕
证〔證〕
帧〔幀〕
诤〔諍〕
阐〔闡〕

zhi

(ㄓ)

只〔隻〕
〔衹〕
织〔織〕
职〔職〕
踯〔躑〕
执〔執〕
絷〔縶〕
纸〔紙〕
挚〔摯〕
贽〔贄〕
鸷〔鷙〕
掷〔擲〕
滞〔滯〕
栉〔櫛〕
轾〔輊〕
致〔緻〕
帜〔幟〕
制〔製〕
质〔質〕
踬〔躓〕
锧〔鑕〕
骘〔騭〕

zhong

(ㄓㄨㄥ)

终〔終〕
钟〔鐘〕
〔鍾〕
种〔種〕
肿〔腫〕
众〔衆〕

zhou

(ㄓㄡ)

诌〔謅〕
周〔週〕*
赒〔賙〕
鸼〔鵃〕
轴〔軸〕
纣〔紂〕
荮〔葤〕
骤〔驟〕
皱〔皺〕
绉〔縐〕
㤘〔㥮〕
㑇〔㑳〕
昼〔晝〕

zhu

(ㄓㄨ)

诸〔諸〕
槠〔櫧〕
朱〔硃〕
诛〔誅〕
铢〔銖〕
烛〔燭〕
嘱〔囑〕
瞩〔矚〕
贮〔貯〕
注〔註〕*
驻〔駐〕
铸〔鑄〕
筑〔築〕

zhua

(ㄓㄨㄚ)

挝〔撾〕

zhuan

(ㄓㄨㄢ)

专〔專〕
砖〔磚〕
肫〔膞〕
颛〔顓〕
转〔轉〕
啭〔囀〕
赚〔賺〕
传〔傳〕
馔〔饌〕

zhuang

(ㄓㄨㄤ)

妆〔妝〕
装〔裝〕
庄〔莊〕
桩〔樁〕
戆〔戇〕

壮〔壯〕
状〔狀〕

zhui

（ㄓㄨㄟ）

骓〔騅〕
锥〔錐〕
赘〔贅〕
缒〔縋〕
缀〔綴〕
坠〔墜〕

zhun

（ㄓㄨㄣ）

谆〔諄〕
准〔準〕

zhuo

（ㄓㄨㄛ）

锗〔鐯〕
浊〔濁〕
诼〔諑〕
镯〔鐲〕

zi

（ㄗ）

谘〔諮〕
资〔資〕
镃〔鎡〕
龇〔齜〕
辎〔輜〕
锱〔錙〕
缁〔緇〕
鲻〔鯔〕
渍〔漬〕

zong

（ㄗㄨㄥ）

综〔綜〕
枞〔樅〕
总〔總〕
纵〔縱〕

zou

（ㄗㄡ）

诹〔諏〕
鲰〔鯫〕
驺〔騶〕
邹〔鄒〕

zu

（ㄗㄨ）

镞〔鏃〕
诅〔詛〕
组〔組〕

zuan

（ㄗㄨㄢ）

钻〔鑽〕
躜〔躦〕
缵〔纘〕
赚〔賺〕

zun

（ㄗㄨㄣ）

鳟〔鱒〕

zuo

（ㄗㄨㄛ）

凿〔鑿〕

＊這些字是從《第一批異體字整理表》摘錄出來的，習慣上被看作簡化字的異體字。

三、附錄

1.容易混淆的繁簡字用法舉例

筆　畫	簡化字	相對應的繁體字	繁體字用法舉例 *
3	干	乾 幹	乾草,餅乾,乾淨,乾脆 幹線,樹幹,幹部,幹練
4	历	歷 曆	經歷,歷史,歷來,歷訪名山 曆法,日曆,曆書
	升	昇 陞	昇旗,高昇,昇華 陞官,晉陞
	仑	侖 崙	加侖 崑崙
5	只	隻 衹	隻字,一隻小船 衹有,衹能
	汇	匯 彙	百川匯海,電匯,匯合 彙編,字彙,彙印成册
	发	發 髮	發貨,發射,發生,發現,出發 頭髮,結髮,鬢髮
	台	臺 檯 颱	樓臺,講臺,窗臺 寫字檯,櫃檯,檯布 颱風
	饥	飢 饑	飢餓,充飢,飢不擇食 饑荒,饑饉,大饑

6	当	當 噹	相當,當面,恰當,妥當 叮噹,噹啷,響噹噹
	团	團 糰	團扇,團聚,團結,一團毛線 飯糰,湯糰
	尽	盡 儘	窮盡,盡忠,盡力,前功盡廢 儘早,儘管,天儘下雨
	纤	縴 纖	縴繩,縴夫,拉縴 纖維,纖細,纖巧
7	坛	壇 罎	花壇,法壇,文壇 罎子,酒罎
	苏	蘇 囌	紫蘇,流蘇,蘇醒,蘇州 嚕囌
	卤	鹵 滷	鹵莽 鹽滷,滷鴨,羊肉滷
	系	係 繫	關係,干係,確係實情 繫念,繫馬,繫(jì)鞋帶子
	弥	瀰 彌	大水瀰漫 彌堅,彌望
9	钟	鐘 鍾	鐘鼓,時鐘,四點鐘 萬鍾,鍾愛,鍾情,鍾(姓)
	复	復 複	恢復,復活,復原,往復 複製,繁複,複選,複雜,重複
	须	須 鬚	須知,務須,必須 鬚眉,觸鬚,鬚髯
	迹	跡 蹟	足跡,陳跡,形跡 同跡
10	脏	臟 髒	內臟,心臟 骯髒,髒話

	恶	惡 噁	厭惡(wù),惡棍 噁心
	获	獲 穫	捕獲,獲利,破獲 收穫
13	摆	擺 襬	擺放,擺闊,搖擺 衣襬,下襬
	蒙	矇 濛 懞	矇騙,矇矓 濛濛細雨,空濛 敦懞,懞懂
	签	簽 籤	簽名,簽訂,簽字 牙籤,書籤,抽籤

說明:

1.1986 年重新發表的《簡化字總表》作了以下調整:“疊”、“覆”、“像”、“囉”四字不再作“迭”、“复”、“象”、“罗”的繁體字處理。

2.采不是採、彩、綵的簡化字:

采——文采,丰采,神采

採——採取,採掘,採茶

彩——光彩,色彩,彩色

綵——剪綵,綵球,綵禮

2.繁簡字中的特殊情況

1.有一部分簡化字本身就是繁體字,由於它的字形被定爲另一繁體字的簡化字,而常被人們誤當作簡化字看待。人們容易將該字本身的意思與那個被簡化爲相同字形的繁體字的字義互相混淆。該字本身與用作某繁體字的簡化字雖是同一字形,但卻是一形兩字,它們之間没有必然的對應關係。

2.對於這類繁簡體字的相互關係在使用時要特別注意,防止用錯。故此,我們編制了下表,列出這類繁體字的常用詞,並注明容易與之相混淆的繁體字。

筆畫	繁體字	該字不是下列繁體字的簡化字	由該字構成的常用詞語舉例
2	了(liǎo)	"瞭(liào)望"的瞭 *	了事,一目了然,了結
	卜(bǔ)	"蘿蔔(bo)"的蔔	占卜,預卜,卜宅
	几(jī)	"幾(jǐ)何"、"幾(jī)乎的幾	茶几,几案,窗明几淨
3	干(gān)	"乾(gān)淨"的乾 *、"樹幹(gàn)"的幹	干戈,干犯,干涉,干祿,干支
	才(cái)	"方纔(cái)"的纔	才能,才幹
	万(mò)	"千萬(wàn)"的萬	万紐于,万俟(複姓)
	么(yāo)	"什麼(me)"的麼	么篇,么妹,么二三,么麼小丑
	扎(zhá)	"紮(zhā)營"的紮	掙扎

4	丰(fēng)*	"豐(fēng)富"的豐	丰采,丰姿,丰韻
	云(yún)	"雲(yún)雨"的雲	詩云,云云,不知所云
	无(wú)	"無(wú)論"的無	无吝,无咎(《易經》卦名)
	升(shēng)	"昇(shēng)華"的昇、"陞(shēng)級"的陞	公升(容量單位)
	仆(pū)	"僕(pú)人"的僕	仆地,前仆後繼
	凶(xiōng)	"兇(xiōng)惡"的兇	凶事,吉凶,凶年
	斗(dǒu)	"奮鬥(dòu)"的鬥	煙斗,漏斗,斗牛,斗室,一斗米(容量單位)
	丑(chǒu)	"醜(chǒu)態"的醜	丑(地支、時辰),丑角,丑(姓)
5	术(zhú)	"學術(shú)"的術	白术,蒼术(植物名)
	札(zhá)	"劄(zhá)子"(古代文書的一種)的劄	信札,書札,札記
	巨(jù)	"鉅(jù)鹿"的鉅	巨大,艱巨,巨(姓)
	布(bù)	"宣佈(bù)"的佈	布匹,布帛,布衣,布(姓)
	占(zhān)	"佔(zhàn)領"的佔	占卜,占星,占課
	出(chū)	"一齣(chū)戲"的齣	出產,出發,進出
	叶(xié)	"樹葉(yè)"的葉	叶韻,叶音
	只(zhǐ)	"一隻(zhī)"的隻	只是,只應,只有
	冬(dōng)	"鑼鼓鼕(dōng)鼕"的鼕	冬天,冬菜,冬瓜
	台(tái)	"講臺(tái)"的臺 "書檯(tái)"的檯 "颱(tái)風"的颱	三台星(星名),兄台(敬辭),台州,天台山(地名)
6	朴(pō) (pò) (piáo)	"樸(pǔ)實"的樸	朴(pò)樹,朴(pō)刀,朴(piáo,姓)
	夸(kuā)	"誇(kuā)张"的誇	夸父追日
	划(huá)	"劃(huà)分"的劃	划水,划船,划拳

	吁(xū)	"呼籲(yù)"的籲	長吁短嘆,氣喘吁吁
	曲(qū) (qǔ)	"酒麯(qū)"的麯	彎曲,曲解,歌曲 (qǔ),曲(qǔ)藝
	回(huí)	"迂迴(huí)"的迴	回家,回信,來了三回, 回族
	朱(zhū)	"硃(zhū)砂"的硃	朱門,朱(姓)
	伙(huǒ)	"夥(huǒ)計"的夥 *	伙食,家伙,搭伙
	向(xiàng)	"嚮(xiàng)往"的嚮	偏向,向來,向他學習, 向(姓)
	合(hé)	"閤(hé)家的閤	合唱,合法,組合
	后(hòu)	"後(hòu)門"的後	后妃,皇后,商之先后, 后(姓)
	冲(chōng)	"要衝(chōng)"的衝	冲洗,怨氣冲天,冲淡, 冲喜,韶山冲(地名)
7	折(zhé)	"存摺(zhé)"的摺	折斷,夭折,曲折,折騰
	芸(yún)	"蕓(yún)薹"的蕓	芸香,芸芸衆生
	克(kè)	"剋(kēi)架"的剋 *	克勤克儉,克服,攻克, 一克(重量單位)
	里(lǐ)	"這裏(lǐ)"的裏	故里,里弄,一里 (長度單位)
	别(bié)	"彆(biè)扭"的彆	别離,分别,性别,别名
	困(kùn)	"睏(kùn)覺"的睏	困難,圍困,困窮
	余(yú)	"剩餘(yú)"的餘	余(我)老矣,余(姓)
	谷(gǔ) (yù)	"五穀(gǔ)"的穀	山谷,虛懷若谷, 吐谷(yù)渾,谷(姓)
	佣(yòng)	"傭(yōng)工"的傭	佣金,佣錢
	体(bèn)	"身體(tǐ)"的體	体夫(指運靈柩的人伕)
	系(xì)	"關係(xì)"的係 "聯繫(xì)"的繫	系統,英文系,母系, 派系
	沈(shěn) (chén)	"墨瀋(shěn)"的瀋	沈沈(chén),沈(姓)
8	表(biǎo)	"手錶(biǎo)"的錶	表面,表演,師表,圖表

	范(fàn)	"範(fàn)圍"的範	范(姓)
	板(bǎn)	"老闆(bǎn)"的闆	木板,板眼,板着臉
	松(sōng)	"鬆(sōng)懈"的鬆	松樹,松煙煤
	郁(yù)	"憂鬱(yù)的鬱	濃郁,文彩郁郁,郁烈,郁(姓)
	制(zhì)	"製(zhì)造"的製	制訂,管制,制度,限制
	刮(guā)	"颳(guā)風"的颳	刮臉,搜刮,刮目相看
	岳(yuè)	"五嶽(yuè)"的嶽	岳丈,岳(姓)
	征(zhēng)	"特徵(zhēng)"的徵 *	遠征,征討
	舍(shè)	"施捨(shě)"的捨	校舍,舍弟
	帘(lián)	"窗簾(lián)"的簾	酒帘(舊時商店做標誌的旗幟)
	姜(jiāng)	"生薑(jiāng)"的薑	姜(姓、地名)
	昆(kūn)	"崑(kūn)崙"的崑	昆仲,昆蟲,昆明(地名)
	卷(juàn)	"捲(juǎn)簾子"的捲	書卷,考卷,卷帙
9	胡(hú)	"鬍(hú)鬚"的鬍	胡琴,胡說八道,胡鬧
	咸(xián)	"鹹(xián)菜"的鹹	咸豐(年號),咸池(地名),咸集
	面(miàn)	"麵(miàn)條"的麵	顏面,面議,正面
	秋(qiū)	"鞦(qiū)韆"的鞦	秋天,春秋
10	致(zhì)	"細緻(zhì)"的緻	致電,興致,致力,致敬
	借(jiè)	"慰藉(jiè)"的藉 *	借貸,借鑒,借宿,租借
	症(zhèng)	"癥(zhēng)結"的癥	病症,不治之症
	准(zhǔn)	"水準(zhǔn)"的準	准許,准予,批准
	党(dǎng)	"政黨(dǎng)"的黨	党項羌,党(姓)
11	淀(diàn)	"澱(diàn)粉"的澱	荷花淀,白洋淀
	旋(xuán)	"鏇(xuàn)牀"的鏇	旋轉,凱旋,旋風
	确(què)	"確(què)實"的確	犖确
	筑(zhú)	"建築(zhù)"的築	擊筑(樂器),筑(貴陽別稱)

	据(jū)	"佔據(jù)"的據	拮据
	御(yù)	"防禦(yù)"的禦	御用,御賜,駕御
13	蒙(méng)	"矇(mēng)騙"的矇、"朦(méng)朧"的朦	啓蒙,蒙蔽,蒙古,蒙受
	辟(bì)(pì)	"開闢(pì)"的闢	大辟(pì,死刑),復辟(bì)
14	蔑(miè)	"誣衊(miè)"的衊	蔑視,輕蔑

* "瞭望"用瞭字,不能簡化爲"了"。
* "乾坤"、"乾隆"(年號)等詞用乾字,不能簡化爲"干"。
* "丰字與豐字的簡化字丰不同,前者(丰)的第一筆是撇不是横畫,而後者(丰)的第一筆是横畫,二者形近似。
* "衆夥"、"成果甚夥"(表示多的意思)用夥字,不能簡化爲"伙"。
* "剋架"、"挨剋"用剋字,不能簡化爲"克"。
* "墨瀋"用瀋字,不能簡化爲"沈"。
* 古代五音,即宮、商、角、徵(zhǐ)、羽的"徵"不能簡化爲"征"。
* "狼藉(jí)"、"慰藉(jiè)"、"蘊藉(jiè)"等詞用藉,不能簡化爲"借"。

中華人民共和國教育部
國家語言文字工作委員會

3. 第一批異形詞整理表

(2001 年 12 月 19 日發佈；2002 年 3 月 31 日試行)

1. 範圍

本規範是推薦性試行規範，根據"積極穩妥、循序漸進、區別對待、分批整理"的工作方針，選取了普通話書面語中經常使用、公眾的取捨傾向比較明顯的338組(不含附表中的44組)異形詞(包括詞和固定短語)作為第一批進行整理，給出了每組異形詞的推薦使用詞形。

本規範適用於普通話書面語，包括語文教學、新聞出版、辭書編纂、信息處理等方面。

2. 規範性引用文件

第一批異體字整理表(1955年12月22日中華人民共和國文化部、中國文字改革委員會發佈)

漢語拼音方案(1958年2月11日中華人民共和國第一屆全國人民代表大會第五次會議批准)

普通話異讀詞審音表(1985年12月27日國家語言

文字工作委員會、國家教育委員會和廣播電視部發佈)

簡化字總表(1986年10月10日經國務院批准國家語言文字工作委員會重新發表)

現代漢語常用字表(1988年1月26日國家語言文字工作委員會、國家教育委員會發佈)

現代漢語通用字表(1988年3月25日國家語言文字工作委員會、中華人民共和國新聞出版署發佈)

GB/T 16159 －1996 漢語拼音正詞法基本規則

3. 術語

3.1 異形詞(variant forms of the same word)

普通話書面語中並存並用的同音(本規範中指聲、韻、調完全相同)、同義(本規範中指理性意義、色彩意義和語法意義完全相同)而書寫形式不同的詞語。

3.2 異體字(variant forms of a Chinese character)

與規定的正體字同音、同義而寫法不同的字。本規範中專指被《第一批異體字整理表》淘汰的異體字。

3.3 詞形(word form/lexical form)

本規範中指詞語的書寫形式。

3.4 語料（corpus）

本規範中指用於詞頻統計的普通話書面語中的語言資料。

3.5 詞頻（word frequency）

在一定數量的語料中同一個詞語出現的頻度，一般用詞語的出現次數或覆蓋率來表示。本規範中指詞語的出現次數。

4. 整理異形詞的主要原則

現代漢語中異形詞的出現有一個發展過程，涉及形、音、義等多個方面。整理異形詞必須全面考慮、統籌兼顧。既立足於現實，又尊重歷史；既充分注意語言的系統性，又承認發展演變中的特殊情況。

4.1 通用性原則

根據科學的詞頻統計和社會調查，選取公眾目前普遍使用的詞形作為推薦詞形。把通用性原則作為整理異形詞的首要原則，這是由語言的約定俗成的社會屬性所決定的。據多方考察，90%以上的常見異形詞在使用中詞頻逐漸出現顯著性差異，符合通用性原則的詞形絕大多數與理據性等原則是一致的。即使少數詞頻高的詞形與語源或理據不完全一致，但一旦約定俗成，也應尊重社會的選擇。如“畢恭畢敬24——必恭必敬0”（數字表示詞頻，下同），從源頭來看，“必恭必敬”出現較早，但此成語在流傳過程中意義發生了變化，由“必定恭敬”演變為“十分恭敬”，理據也有了不同。從目前的使用頻率看，“畢恭畢敬”通用性強，故以“畢恭畢敬”為推薦詞形。

4.2 理據性原則

某些異形詞目前較少使用，或詞頻無顯著性差異，難以依據通用性原則確定取捨，則從詞語發展的理據性角度推薦一種較為合理的詞形，以便於理解詞義和方便使用。如“規誡1 —— 規戒2”，“戒”和“誡”為同源字，在古代二者皆有“告誡”和“警戒”義，因此兩詞形皆合語源。但現代漢語中“誡”多表“告誡”義，“戒”多表“警戒”義，“規誡”是以言相勸，“誡”的語素義與詞義更為吻合，故以“規誡”為推薦詞形。

4.3 系統性原則

詞彙內部有較強的系統性，在整理異形詞時要考慮同語素系列詞用字的一致性。如“侈靡0 —— 侈糜0 | 靡費3 —— 糜費3”，根據使用頻率，難以確定取捨。但同系列的異形詞“奢靡87 —— 奢糜17”，前者佔有明顯的優勢，故整個系列都確定以含“靡”的詞形為推薦詞形。

以上三個原則只是異形詞取捨的三個主要側重點，具體到每組詞還需要綜合考慮決定取捨。

另外，目前社會上還流行着一批含有非規範字(即國家早已廢止的異體字或已簡化的繁體字)的異形詞，造成書面語使用中的混亂。這次選擇了一些影響較大的列為附表，明確作為非規範詞形予以廢除。

5.《第一批異形詞整理表》說明

5.1 本表研制過程中，用《人民日報》1995 − 2000年全部作品作語料對異形詞進行詞頻統計和分析，並逐條進行人工干預，盡可能排除電腦統計的誤差，部分異形詞還用《人民日報》1987 − 1995年語料以及1996 − 1997年的66種社會科學雜誌和158種自然科學雜誌的語料進行了抽樣覆查。同時參考了《現代漢語詞典》、《漢語大詞典》、《辭海》、《新華詞典》、《現代漢語規範字典》等工具書和有關討論異形詞的文章。

5.2 每組異形詞破折號前為選取的推薦詞形。表中需要說明的個別問題，以註釋方式附在表後。

5.3 本表所收的條目按首字的漢語拼音音序排列，同音的按筆畫數由少到多排列。

5.4 附表中列出的非規範詞形置於圓括號內，已淘汰的異體字和已簡化的繁體字在左上角用“*”號標明。

第一批異形詞整理表

照錄《第一批異形詞整理表》，增加與簡體字對應的繁體字，並用括號括住，方便讀者查閱。

A

按捺——按纳 ànnà
〔按納〕

按语——案语 ànyǔ
〔按語〕〔案語〕

B

百废俱兴——百废具兴 bǎifèi-jùxīng
〔百廢俱興〕〔百廢具興〕

百叶窗——百页窗 bǎiyèchuāng
〔百葉窗〕〔百頁窗〕

斑白——班白、颁白 bānbái
〔頒白〕

斑驳——班驳 bānbó
〔斑駁〕〔班駁〕

孢子——胞子 bāozǐ

保镖——保镳 bǎobiāo
〔保鏢〕〔保鑣〕

保姆——保母、褓姆 bǎomǔ

辈分——辈份 bèifèn
〔輩分〕〔輩份〕

本分——本份 běnfèn

笔画——笔划 bǐhuà
〔筆畫〕〔筆劃〕

毕恭毕敬——必恭必敬 bìgōng-bìjìng
〔畢恭畢敬〕

编者按——编者案 biānzhě'àn
〔編者按〕〔編者案〕

扁豆——萹豆、稨豆、藊豆 biǎndòu

标志——标识 biāozhì
〔標誌〕〔標識〕

鬓角——鬓脚 bìnjiǎo
〔鬢角〕 〔鬢腳〕
秉承——禀承 bǐngchéng
补丁——补靪、补钉
bǔding
〔補丁〕 〔補靪〕〔補釘〕

C

参与——参预 cānyù
〔參與〕 〔參預〕
惨淡——惨澹 cǎndàn
〔慘淡〕 〔慘澹〕
差池——差迟 chāchí
〔差遲〕
掺和——搀和 chānhuo[1]
〔摻和〕 〔攙和〕
掺假——搀假 chānjiǎ
〔摻假〕 〔攙假〕
掺杂——搀杂 chānzá
〔摻雜〕 〔攙雜〕
铲除——刬除 chǎnchú
〔鏟除〕 〔剗除〕
徜徉——倘佯 chángyáng
车厢——车箱 chēxiāng
〔車廂〕 〔車箱〕
彻底——澈底 chèdǐ
〔徹底〕
沉思——沈思 chénsī[2]
称心——趁心 chènxīn
〔稱心〕
成分——成份 chéngfèn
澄澈——澄彻 chéngchè
〔澄徹〕
侈靡——侈糜 chǐmí
筹划——筹画 chóuhuà
〔籌劃〕 〔籌畫〕
筹码——筹马 chóumǎ
〔籌碼〕 〔籌馬〕
踌躇——踌蹰 chóuchú
〔躊躇〕 〔躊躕〕
出谋划策——出谋画策
chūmóu-huàcè
〔出謀劃策〕〔出謀畫策〕
喘吁吁——喘嘘嘘
chuǎnxūxū
瓷器——磁器 cíqì
赐予——赐与 cìyǔ
〔賜予〕 〔賜與〕

粗鲁——粗卤 cūlǔ
〔粗魯〕 〔粗鹵〕

D

搭档——搭当、搭挡 dādàng
〔搭檔〕 〔搭當〕〔搭擋〕
搭讪——搭赸、答讪 dāshàn
〔搭訕〕 〔答訕〕
答复——答覆 dáfù
〔答復〕
戴孝——带孝 dàixiào
〔帶孝〕
担心——耽心 dānxīn
〔擔心〕
担忧——耽忧 dānyōu
〔擔憂〕 〔耽憂〕
耽搁——担搁 dānge
〔耽擱〕 〔擔擱〕
淡泊——澹泊 dànbó
淡然——澹然 dànrán
倒霉——倒楣 dǎoméi
低回——低徊 dīhuí ③
〔低迴〕
凋敝——雕敝、雕弊 diāobì ④
凋零——雕零 diāolíng
凋落——雕落 diāoluò
凋谢——雕谢 diāoxiè
〔凋謝〕 〔雕謝〕
跌宕——跌荡 diēdàng
〔跌蕩〕
跌跤——跌交 diējiāo
喋血——蹀血 diéxuè
叮咛——丁宁 dīngníng
〔叮嚀〕 〔丁寧〕
订单——定单 dìngdān ⑤
〔訂單〕 〔定單〕
订户——定户 dìnghù
〔訂戶〕
订婚——定婚 dìnghūn
〔訂婚〕
订货——定货 dìnghuò
〔訂貨〕 〔定貨〕
订阅——定阅 dìngyuè
〔訂閱〕 〔定閱〕

斗拱——枓拱、枓栱 dǒugǒng

逗留——逗遛 dòuliú

逗趣儿——斗趣儿 dòuqùr

〔逗趣兒〕 〔鬥趣兒〕

独角戏——独脚戏 dújiǎoxì

〔獨角戲〕 〔獨腳戲〕

端午——端五 duānwǔ

E

二黄——二簧 èrhuáng

二心——贰心 èrxīn

〔貳心〕

F

发酵——酦酵 fājiào

〔發酵〕 〔醱酵〕

发人深省——发人深醒 fārén-shēnxǐng

〔發人深省〕〔發人深醒〕

繁衍——蕃衍 fányǎn

吩咐——分付 fēnfù

分量——份量 fènliàng

分内——份内 fènnèi

分外——份外 fènwài

分子——份子 fènzǐ[⑥]

愤愤——忿忿 fènfèn

〔憤憤〕

丰富多彩——丰富多采 fēngfù-dūocǎi

〔豐富多彩〕〔豐富多采〕

风瘫——疯瘫 fēngtān

〔風癱〕 〔瘋癱〕

疯癫——疯颠 fēngdiān

〔瘋癲〕 〔瘋顛〕

锋芒——锋鋩 fēngmáng

〔鋒芒〕 〔鋒鋩〕

服侍——伏侍、服事 fúshi

服输——伏输 fúshū

〔服輸〕 〔伏輸〕

服罪——伏罪 fúzuì

负隅顽抗——负嵎顽抗 fùyú-wánkàng

〔負隅頑抗〕〔負嵎頑抗〕

附会——傅会 fùhuì
〔附會〕 〔傅會〕
复信——覆信 fùxìn
〔復信〕
覆辙——复辙 fùzhé
〔覆轍〕 〔復轍〕

G

干预——干与 gānyù
〔干預〕 〔干與〕
告诫——告戒 gàojiè
〔告誡〕
耿直——梗直、鲠直 gěngzhí
〔鯁直〕
恭维——恭惟 gōngwei
〔恭維〕
勾画——勾划 gōuhuà
〔勾畫〕 〔勾劃〕
勾连——勾联 gōulián
〔勾連〕 〔勾聯〕
孤苦伶仃——孤苦零丁 gūkǔ-língdīng

辜负——孤负 gūfù
〔辜負〕 〔孤負〕
古董——骨董 gǔdǒng
〔骨董〕
股份——股分 gǔfèn
骨瘦如柴——骨瘦如豺 gǔshòu-rúchái
〔骨瘦如柴〕〔骨瘦如豺〕
关联——关连 guānlián
〔關聯〕 〔關連〕
光彩——光采 guāngcǎi
归根结底——归根结柢 guīgēn-jiédǐ
〔歸根結底〕〔歸根結柢〕
规诫——规戒 guījiè
〔規誡〕 〔規戒〕
鬼哭狼嚎——鬼哭狼嗥 guǐkū-lángháo
过分——过份 guòfèn
〔過分〕 〔過份〕

H

蛤蟆——虾蟆 hāma
〔蝦蟆〕

含糊——含胡 hánhu
含蓄——涵蓄 hánxù
寒碜——寒伧 hánchen
〔寒磣〕　〔寒傖〕
喝彩——喝采 hècǎi
喝倒彩——喝倒采
hèdàocǎi
轰动——哄动 hōngdòng
〔轟動〕　〔哄動〕
弘扬——宏扬 hóngyáng
〔弘揚〕　〔宏揚〕
红彤彤——红通通
hóngtōngtōng
〔紅彤彤〕　〔紅通通〕
宏论——弘论 hónglùn
〔宏論〕　〔弘論〕
宏图——弘图、鸿图
hóngtú
〔宏圖〕　〔弘圖〕〔鴻圖〕
宏愿——弘愿 hóngyuàn
〔宏願〕　〔弘願〕
宏旨——弘旨 hóngzhǐ
洪福——鸿福 hóngfú
〔鴻福〕

狐臭——胡臭 húchòu
蝴蝶——胡蝶 húdié
糊涂——胡涂 hútu
〔糊塗〕　〔胡塗〕
琥珀——虎魄 hǔpò
花招——花着 huāzhāo
划拳——豁拳、搳拳
huáquán
恍惚——恍忽 huǎnghū
辉映——晖映 huīyìng
〔輝映〕　〔暉映〕
溃脓——殨脓 huìnóng
〔潰膿〕　〔殨膿〕
浑水摸鱼——混水摸鱼
húnshuǐ-mōyú
〔渾水摸魚〕〔混水摸魚〕
伙伴——火伴 huǒbàn

J

机灵——机伶 jīling
〔機靈〕　〔機伶〕
激愤——激忿 jīfèn
〔激憤〕

计划——计画 jìhuà
〔計劃〕 〔計畫〕
纪念——记念 jìniàn
〔紀念〕 〔記念〕
寄予——寄与 jìyǔ
〔寄與〕
夹克——茄克 jiākè
〔夾克〕
嘉宾——佳宾 jiābīn
〔嘉賓〕 〔佳賓〕
驾驭——驾御 jiàyù
〔駕馭〕 〔駕御〕
架势——架式 jiàshi
〔架勢〕
嫁妆——嫁装 jiàzhuang
〔嫁妝〕 〔嫁裝〕
简练——简炼 jiǎnliàn
〔簡練〕 〔簡煉〕
骄奢淫逸——骄奢淫佚 jiāoshē-yínyì
〔驕奢淫逸〕〔驕奢淫佚〕
角门——脚门 jiǎomén
〔角門〕 〔腳門〕
狡猾——狡滑 jiǎohuá
〔狡猾〕 〔狡滑〕
脚跟——脚根 jiǎogēn
〔腳跟〕 〔腳根〕
叫花子——叫化子 jiàohuāzi
精彩——精采 jīngcǎi
纠合——鸠合 jiūhé
〔糾合〕 〔鳩合〕
纠集——鸠集 jiūjí
〔糾集〕 〔鳩集〕
就座——就坐 jiùzuò
角色——脚色 juésè
〔腳色〕

K

克期——刻期 kèqī
〔剋期〕
克日——刻日 kèrì
〔剋日〕
刻画——刻划 kèhuà
〔刻畫〕 〔刻劃〕
阔佬——阔老 kuòlǎo
〔闊佬〕 〔闊老〕

L

襤褛——蓝褛 lánlǚ
〔襤褸〕 〔藍褸〕
烂漫——烂缦、烂熳 lànmàn
〔爛漫〕 〔爛縵〕〔爛熳〕
狼藉——狼籍 lángjí
榔头——狼头、鎯头 lángtou
〔榔頭〕 〔狼頭〕〔鎯頭〕
累赘——累坠 léizhui
〔累贅〕 〔累墜〕
黧黑——黎黑 líhēi
连贯——联贯 liánguàn
〔連貫〕 〔聯貫〕
连接——联接 liánjiē
〔連接〕 〔聯接〕
连绵——联绵 liánmián⑦
〔連綿〕 〔聯綿〕
连缀——联缀 liánzhuì
〔連綴〕 〔聯綴〕
联结——连结 liánjié
〔聯結〕 〔連結〕
联袂——连袂 liánmèi
〔聯袂〕 〔連袂〕
联翩——连翩 liánpiān
〔聯翩〕 〔連翩〕
踉跄——踉蹡 liàngqiàng
〔踉蹌〕 〔踉蹡〕
嘹亮——嘹喨 liáoliàng
缭乱——撩乱 liáoluàn
〔繚亂〕 〔撩亂〕
伶仃——零丁 língdīng
囹圄——囹圉 língyǔ
溜达——蹓跶 liūda
〔溜達〕 〔蹓躂〕
流连——留连 liúlián
〔流連〕 〔留連〕
喽罗——喽罗、偻㑩 lóuluó
〔嘍囉〕 〔嘍羅〕〔僂㑩〕
鲁莽——卤莽 lǔmǎng
〔魯莽〕 〔鹵莽〕
录像——录象、录相 lùxiàng
〔錄像〕 〔錄象〕〔錄相〕

络腮胡子——落腮胡子 luòsāi-húzi
〔絡腮鬍子〕〔落腮鬍子〕
落寞——落漠、落莫 luòmò

M

麻痹——痲痹 mábì
麻风——痲风 máfēng
〔麻風〕 〔痲風〕
麻疹——痲疹 mázhěn
马蜂——蚂蜂 mǎfēng
〔馬蜂〕 〔螞蜂〕
马虎——马糊 mǎhu
〔馬虎〕 〔馬糊〕
门槛——门坎 ménkǎn
〔門檻〕 〔門坎〕
靡费——糜费 mífèi
〔靡費〕 〔糜費〕
绵连——绵联 miánlián
〔綿連〕 〔綿聯〕
腼腆——靦覥 miǎntiǎn
〔靦覥〕
模仿——摹仿 mófǎng
模糊——模胡 móhu
模拟——摹拟 mónǐ
〔模擬〕 〔摹擬〕
摹写——模写 móxiě
〔摹寫〕 〔模寫〕
摩擦——磨擦 mócā
摩拳擦掌——磨拳擦掌 móquán-cāzhǎng
磨难——魔难 mónàn
〔磨難〕 〔魔難〕
脉脉——眽眽 mòmò
〔眽眽〕
谋划——谋画 móuhuà
〔謀劃〕 〔謀畫〕

N

那么——那末 nàme
〔那麼〕
内讧——内哄 nèihòng
〔內訌〕 〔內鬨〕
凝练——凝炼 níngliàn
〔凝練〕 〔凝煉〕
牛仔裤——牛崽裤 niúzǎikù

〔牛仔褲〕 〔牛崽褲〕
纽扣——钮扣 niǔkòu
〔紐釦〕 〔鈕釦〕

P

扒手——掱手 páshǒu
盘根错节——蟠根错节 pángēn-cuòjié
〔盤根錯節〕〔蟠根錯節〕
盘踞——盘据、蟠踞、蟠据 pánjù
〔盤踞〕 〔盤據〕
盘曲——蟠曲 pánqū
〔盤曲〕
盘陀——盘陁 pántuó
〔盤陀〕 〔盤陁〕
磐石——盘石、蟠石 pánshí
〔盤石〕
蹒跚——盘跚 pánshān
〔蹣跚〕 〔盤跚〕
彷徨——旁徨 pánghuáng
披星戴月——披星带月 pīxīng-dàiyuè
疲沓——疲塌 píta
漂泊——飘泊 piāobó
〔飄泊〕
漂流——飘流 piāoliú
〔飄流〕
飘零——漂零 piāolíng
〔飄零〕
飘摇——飘飖 piāoyáo
〔飄搖〕 〔飄颻〕
凭空——平空 píngkōng
〔憑空〕

Q

牵连——牵联 qiānlián
〔牽連〕 〔牽聯〕
憔悴——蕉萃 qiáocuì
清澈——清彻 qīngchè
〔清徹〕
情愫——情素 qíngsù
拳拳——惓惓 quánquán
劝诫——劝戒 quànjiè
〔勸誡〕 〔勸戒〕

R

热乎乎——热呼呼 rèhūhū
〔熱乎乎〕〔熱呼呼〕
热乎——热呼 rèhu
〔熱乎〕〔熱呼〕
热衷——热中 rèzhōng
〔熱衷〕〔熱中〕
人才——人材 réncái
日食——日蚀 rìshí
〔日蝕〕
入座——入坐 rùzuò

S

色彩——色采 sècǎi
杀一儆百——杀一警百 shāyī-jǐngbǎi
〔殺一儆百〕〔殺一警百〕
鲨鱼——沙鱼 shāyú
〔鯊魚〕〔沙魚〕
山楂——山查 shānzhā
舢板——舢舨 shānbǎn
艄公——梢公 shāogōng
奢靡——奢糜 shēmí
申雪——伸雪 shēnxuě
神采——神彩 shéncǎi
湿漉漉——湿渌渌 shīlūlū
〔濕漉漉〕〔濕淥淥〕
什锦——十锦 shíjǐn
〔什錦〕〔十錦〕
收服——收伏 shōufú
首座——首坐 shǒuzuò
书简——书柬 shūjiǎn
〔書簡〕〔書柬〕
双簧——双镄 shuānghuāng
〔雙簧〕〔雙鐄〕
思维——思惟 sīwéi
〔思維〕
死心塌地——死心踏地 sǐxīn-tādì

T

踏实——塌实 tāshi
〔踏實〕〔塌實〕
甜菜——菾菜 tiáncài

铤而走险——挺而走险 tǐng'érzǒuxiǎn
〔鋌而走險〕〔挺而走險〕
透彻——透澈 tòuchè
〔透徹〕
图像——图象 túxiàng
〔圖像〕 〔圖象〕
推诿——推委 tuīwěi
〔推諉〕

W

玩意儿——玩艺儿 wányìr
〔玩意兒〕 〔玩藝兒〕
魍魉——蝄蜽 wǎngliǎng
〔魍魎〕 〔蝄蜽〕
诿过——委过 wěiguò
〔諉過〕 〔委過〕
乌七八糟——污七八糟 wūqībāzāo
〔烏七八糟〕
无动于衷——无动于中 wúdòngyúzhōng
〔無動於衷〕〔無動於中〕
毋宁——无宁 wúnìng
〔毋寧〕 〔無寧〕
毋庸——无庸 wúyōng
〔無庸〕
五彩缤纷——五采缤纷 wǔcǎi-bīnfēn
〔五彩繽紛〕〔五采繽紛〕
五劳七伤——五痨七伤 wǔláo-qīshāng
〔五勞七傷〕〔五癆七傷〕

X

息肉——瘜肉 xīròu
稀罕——希罕 xīhan
稀奇——希奇 xīqí
稀少——希少 xīshǎo
稀世——希世 xīshì
稀有——希有 xīyǒu
翕动——噏动 xīdòng
〔翕動〕 〔噏動〕
洗练——洗炼 xǐliàn
〔洗練〕 〔洗煉〕
贤惠——贤慧 xiánhuì
〔賢惠〕 〔賢慧〕

香醇——香纯 xiāngchún
〔香純〕
香菇——香菰 xiānggū
相貌——像貌 xiàngmào
潇洒——萧洒 xiāosǎ
〔瀟灑〕 〔蕭灑〕
小题大做——小题大作 xiǎotí-dàzuò
〔小題大做〕〔小題大作〕
卸载——卸儎 xièzài
〔卸載〕 〔卸儎〕
信口开河——信口开合 xìnkǒu-kāihé
〔信口開河〕〔信口開合〕
惺忪——惺松 xīngsōng
〔惺鬆〕
秀外慧中——秀外惠中 xiùwài-huìzhōng
序文——叙文 xùwén
序言——叙言 xùyán
训诫——训戒 xùnjiè
〔訓誡〕 〔訓戒〕

Y

压服——压伏 yāfú
〔壓服〕 〔壓伏〕
押韵——压韵 yāyùn
〔押韻〕 〔壓韻〕
鸦片——雅片 yāpiàn
〔鴉片〕
扬琴——洋琴 yángqín
〔揚琴〕
要么——要末 yàome
〔要麼〕
夜宵——夜消 yèxiāo
一锤定音——一槌定音 yīchuí-dìngyīn
〔一錘定音〕
一股脑儿——一古脑儿 yīgǔnǎor
〔一股腦兒〕〔一古腦兒〕
衣襟——衣衿 yījīn
衣着——衣著 yīzhuó
义无反顾——义无返顾 yīwúfǎngù
〔義無反顧〕〔義無返顧〕

淫雨——霪雨 yīnyǔ

盈余——赢余 yíngyú

〔盈餘〕 〔贏餘〕

影像——影象 yǐngxiàng

余晖——余辉 yúhuī

〔餘暉〕 〔餘輝〕

渔具——鱼具 yújù

〔漁具〕 〔魚具〕

渔网——鱼网 yúwǎng

〔漁網〕 〔魚網〕

与会——预会 yùhuì

〔與會〕 〔預會〕

与闻——预闻 yùwén

〔與聞〕 〔預聞〕

驭手——御手 yùshǒu

〔馭手〕

预备——豫备 yùbèi ⑧

〔預備〕 〔豫備〕

原来——元来 yuánlái

〔原來〕 〔元來〕

原煤——元煤 yuánméi

原原本本——源源本本、元元本本 yuányuán-běnběn

缘故——原故 yuángù

〔緣故〕

缘由——原由 yuányóu

〔緣由〕

月食——月蚀 yuèshí

〔月蝕〕

月牙——月芽 yuèyá

芸豆——云豆 yúndòu

〔雲豆〕

Z

杂沓——杂遝 zátà

〔雜沓〕 〔雜遝〕

再接再厉——再接再砺 zàijiē-zàilì

〔再接再厲〕〔再接再礪〕

崭新——斩新 zhǎnxīn

〔嶄新〕 〔斬新〕

辗转——展转 zhǎnzhuǎn

〔輾轉〕 〔展轉〕

战栗——颤栗 zhànlì ⑨

〔戰慄〕 〔顫慄〕

账本——帐本 zhàngběn ⑩

〔賬本〕 〔帳本〕

折中——折衷 zhézhōng
这么——这末 zhème
〔這麼〕 〔這末〕
正经八百——正经八摆 zhèngjīng-bābǎi
〔正經八百〕〔正經八擺〕
芝麻——脂麻 zhīma
肢解——支解、枝解 zhījiě
〔肢解〕 〔支解〕〔枝解〕
直截了当——直捷了当、直接了当 zhíjié-liǎodàng
〔直截了當〕〔直捷了當〕〔直接了當〕
指手画脚——指手划脚 zhǐshǒu-huàjiǎo
〔指手畫腳〕〔指手劃腳〕
周济——赒济 zhōujì
〔周濟〕 〔賙濟〕
转悠——转游 zhuànyou
〔轉悠〕 〔轉游〕
装潢——装璜 zhuānghuáng
〔裝潢〕 〔裝璜〕
孜孜——孳孳 zīzī
姿势——姿式 zīshì
〔姿勢〕
仔细——子细 zǐxì
〔仔細〕 〔子細〕
自个儿——自各儿 zìgěr
〔自個兒〕 〔自各兒〕
佐证——左证 zuǒzhèng
〔佐證〕 〔左證〕

註：括號內的繁體字是為方便讀者而加上的，《第一批異形詞整理表》沒有附加繁體字。

註 釋：

① “摻”“攙”實行分工：“摻”表混合義，“攙”表攙扶義。

② “沉”本為“沈”的俗體，後來“沉”字成了通用字，與“沈”並存並用，並形成了許多異形詞，如“沉沒 —— 沈沒 | 沉思 —— 沈思 | 深沉 —— 深沈”等。現在“沈”只讀shěn，用於姓氏。地名沈陽的“沈”是“瀋”的簡化字。表示“沉沒”及其引申義，現在一般寫作“沉”，讀chén。

③ 《普通話異讀詞審音表》審定“佪”統讀“huái”。“低廻”一詞只讀dīhuí，不讀dīhuái。

④ “凋”“雕”古代通用，1955年《第一批異體字整理表》曾將“凋”作為“雕”的異體字予以淘汰。1988年《現代漢語通用字表》確認“凋”為規範字，表示“凋謝”及其引申義。

⑤ “訂”“定”二字中古時本不同音，演變為同音字後，才在“預先、約定”的義項上通用，形成了一批異形詞。不過近幾十年二字在此共同義項上又發生了細微的分化：“訂”多指事先經過雙方商討的，只是約定，並非確定不變的；“定”側重在確定，不輕易變動。故有些異形詞現已分化為近義詞，但本表所列的“訂單 —— 定單”等仍為全等異形詞，應依據通用性原側予以規範。

⑥ 此詞是指屬於一定階級、階層、集團或具有某種特徵的人，如“地主～ | 知識～ | 先進～”。與分母相對的“分子”、由原子構成的“分子”（讀fēnzǐ）、湊份子送禮的“份子”（讀fènzi），音、義均不同，不可混淆。

⑦ “聯綿字”“聯綿詞”中的“聯”不能改寫為“連”。

⑧ “預”“豫”二字，古代在“預先、約定”的意義上通用，故形成

了"預備 —— 豫備|預防 —— 豫防|預感 —— 豫感|預期 —— 豫期"等20多組異形詞。現在此義項已完全由"預"承擔。但考慮到魯迅等名家習慣用"豫",他們的作品影響深遠,故列出一組特作說明。

⑨ "顫"有兩讀,讀zhàn時,表示人發抖,與"戰"相通;讀chàn時,主要表物體輕微振動,也可表示人發抖,如"顫動"既可用於物,也可用於人。甚麼時候讀zhàn,甚麼時候讀chàn,很難從意義上把握,統一寫作"顫"必然會給讀音帶來一定困難,故宜根據目前大多數人的習慣讀音來規範詞形,以利於穩定讀音,避免混讀。如"顫動、顫抖、顫巍巍、顫音、顫悠、發顫"多讀chàn,寫作"顫";"戰慄、打冷戰、打戰、膽戰心驚、冷戰、寒戰"等詞習慣多讀zhàn,寫作"戰"。

⑩ "賬"是"帳"的分化字。古人常把賬目記於布帛上懸掛起來以利保存,故稱日用的賬目為"帳"。後來為了帷帳分開,另造形聲字"賬",表示與錢財有關。"賬""帳"並存並用後,形成了幾十組異形詞。《簡化字總表》、《現代漢語通用字表》中"賬""帳"均收,可見主張分化。二字分工如下:"賬"用於貨幣和貨物出入的記載、債務等,如"賬本、報賬、借賬、還賬"等;"帳"專表用布、紗、綢子等製成的遮蔽物,如"蚊帳、帳篷、青紗帳(比喻用法)"等。

附　表：

含有非規範字的異形詞(44組)

抵触〔*牴触〕dǐchù
抵觸〔*牴觸〕
抵牾〔*牴牾〕dǐwǔ
喋血〔*啑血〕diéxuè
仿佛〔彷*佛、*髣*髴〕
fǎngfú
飞扬〔飞*飏〕fēiyáng
飛揚〔飛*颺〕
氛围〔*雰围〕fēnwéi
氛圍〔*雰圍〕
构陷〔*搆陷〕gòuxiàn
構陷
浩渺〔浩*淼〕hàomiǎo
红果儿〔红*菓儿〕
hóngguǒr
紅果兒〔紅*菓兒〕
胡同〔*衚*衕〕hútòng
糊口〔*餬口〕húkǒu
蒺藜〔蒺*蔾〕jílí
家伙〔*傢伙〕jiāhuo
家具〔*傢具〕jiājù
家什〔*傢什〕jiāshi
侥幸〔*儌*倖、徼*倖〕
jiǎoxìng
僥倖
局促〔*侷促、*跼促〕
júcù
撅嘴〔*噘嘴〕juēzuǐ
克期〔*剋期〕kèqī
空蒙〔空*濛〕kōngméng
昆仑〔*崑*崙〕kūnlún
昆侖
劳动〔劳*慟〕láodòng
勞動〔勞*慟〕
绿豆〔*菉豆〕lǜdòu
綠豆〔*菉豆〕
马扎〔马*劄〕mǎzhá
馬扎〔馬*劄〕
蒙眬〔*矇眬〕ménglóng
蒙矓〔*矇矓〕
蒙蒙〔*濛*濛〕méngméng

弥漫〔*瀰漫〕mímàn
瀰漫
弥蒙〔*弥*濛〕míméng
瀰蒙
迷蒙〔迷*濛〕míméng
渺茫〔*淼茫〕miǎománg
飘扬〔飘*飏〕piāoyáng
飄揚〔飄*颺〕
憔悴〔*顦*顇〕qiáocuì
轻扬〔轻*飏〕qīngyáng
輕揚〔輕*颺〕
水果〔水*菓〕shuǐguǒ
趟地〔*蹚地〕tāngdì
趟浑水〔*蹚浑水〕
tānghúnshuǐ
趟渾水〔*蹚渾水〕
趟水〔*蹚水〕tāngshuǐ
纨绔〔纨*袴〕wánkù
紈絝〔紈*袴〕
丫杈〔*椏杈〕yāchà
丫枝〔*椏枝〕yāzhī
殷勤〔*慇*懃〕yīnqín
札记〔*劄记〕zhájì
枝丫〔枝*椏〕zhīyā
跖骨〔*蹠骨〕zhígǔ

註：括號內的繁體字是為方便讀者而加上的，《第一批異形詞整理表》沒有附加繁體字。

註：本規範規定了普通話書面語中異形詞的推薦使用詞形。

本規範由教育部語言文字應用管理司提出立項。

本規範由國家語言文字工作委員會語言文字規範（標準）審定委員會審定。

本規範由教育部、國家語言文字工作委員會發佈試行。

本規範起草單位：中國語文報刊協會。

本規範起草人：李行健、應雨田、謝質彬、孫光貴、鄒玉華、張育泉、郗鳳岐等。曹先擢、傅永和、高更生、蘇培成、季恒銓任顧問。湖南常德師範學院、山東濰坊學院和湖南長沙師範學校有關人員參加了研製工作。